coleção fábula

Jérôme Ferrari

O SERMÃO SOBRE A QUEDA DE ROMA

Tradução
Samuel Titan Jr.

editora 34

Para meu tio-avô, Antoine Vesperini

"Tu te espantas que o mundo chegue ao fim? Mais vale que te espantes de vê-lo chegar a idade tão avançada. O mundo é como um homem: nasce, cresce e morre. [...] Na velhice, o homem vive assolado por misérias, e o mundo, na velhice, vive também assolado pelas catástrofes. [...] Cristo diz: o mundo vai partindo, o mundo está velho, o mundo sucumbe, o mundo provecto respira ofegante, mas não tenha medo: tua juventude há de se renovar como uma águia."

Santo Agostinho,
sermão 81, § 8, dezembro de 410

"Talvez Roma não tenha perecido,
se os romanos não tiverem perecido"

Como testemunho das origens, como testemunho do fim, haverá, pois, esta fotografia tirada durante o verão de 1918, que Marcel Antonetti passou a vida inteira observando em vão, para decifrar o enigma da ausência. Nela se veem seus cinco irmãos e irmãs, posando com a mãe. Ao redor deles, tudo é de um branco leitoso, não se distinguem nem o chão nem as paredes, e todos parecem flutuar como espectros na bruma estranha que logo há de submergi-los e apagá-los. A mãe está sentada, em trajes de luto, imóvel e sem idade, um lenço escuro na cabeça, as mãos depostas sobre os joelhos, e mira com tanta intensidade um ponto situado para lá da objetiva, que mais parece indiferente a tudo o que a cerca, ao fotógrafo e a seus instrumentos, à luz de verão e a seus próprios filhos — Jean-Baptiste, que usa uma boina de pompom e se enfronha medroso na saia da mãe, metido numa roupa de marinheiro apertada demais; as três meninas mais velhas, alinhadas atrás dela, bem hirtas e endomingadas, os braços colados rente ao corpo; e, sozinha no primeiro plano, a caçula, Jeanne-Marie, descalça e maltrapilha, que esconde o rostinho baço e birrento atrás das longas mechas desordenadas de seus cabelos negros. E, cada vez que o captura, Marcel tem a irreprimível certeza de que o olhar da mãe se destina a ele, de que ela já buscava, em meio ao limbo, os olhos do filho ainda por nascer e que ela ainda não conhece. Pois nesta foto, tirada durante um dia canicular do verão de 1918, no pátio da escola, onde um fotógrafo ambulante estendeu um lençol branco entre dois cavaletes, Marcel contempla o espetáculo de sua própria ausência. Todos aqueles que hão de cercá-lo de cuidados, talvez até de amor, estão ali, mas a verdade é que ninguém pensa nele, ninguém sente sua falta. Tiraram de um armário entupido de naftalina as roupas de festa que não usam nunca e tiveram que consolar Jeanne-Marie, que tem apenas quatro anos e ainda não possui nem vestido novo nem sapatos, e só depois subiram juntos para a escola, certamente felizes de que aconteça alguma coisa capaz de arrancá-los por um instante da monotonia e da solidão desses anos de guerra. O pátio da escola está cheio de gente. Durante o dia inteiro, sob a canícula do verão de 1918, o fotógrafo fez retratos de mulheres e crianças, de doentes, de velhos e de padres que, todos, desfilavam diante de sua objetiva para buscar alguma trégua, e a mãe de Marcel e seus irmãos e irmãs esperaram pacientemente a vez, enxugando de tanto em tanto as lágrimas de Jeanne-Marie, que tinha vergonha do vestido furado e dos pés descalços. Na hora de tirar a foto, ela se recusou a posar junto com os outros, e foi preciso deixar que ficasse em pé, sozinha, na primeira fileira, escondida sob os cabelos desgrenhados. Estão todos reunidos, e Marcel não está ali. E, contudo, pelo sortilégio de uma incompreensível simetria, agora que os levou à terra, um depois do outro, todos só existem graças a ele e à teimosia de seu olhar fiel, ele, em quem ninguém pensou enquanto segurava a respiração na hora em que o fotógrafo disparava o obturador da máquina, ele, que agora é o único e frágil anteparo de todos contra o nada, e é por isso que ele ainda tira a fotografia da gaveta onde a guarda cuidadosamente, por mais que ele a deteste tanto quanto, no fundo, sempre a detestou, pois, se deixar um dia de fazê-lo, não restará mais nada deles, a fotografia voltará a ser um arranjo inerte de manchas negras e cinza, e Jeanne-Marie deixará para sempre de ser uma menininha de quatro anos. Às vezes, ele os mede com cólera, de cima a baixo, tem vontade de lhes censurar a falta de clarividência, a ingratidão, a indiferença, mas então dá com os olhos da mãe e imagina que ela o vê em meio ao limbo que retém em seu cativeiro as crianças ainda por nascer e imagina que ela o espera, mesmo que, na verdade, não seja nem nunca tenha sido Marcel quem ela busca desesperadamente com o olhar. Pois ela busca, bem para lá da objetiva, aquele que devia estar em pé, a seu lado, e cuja ausência é tão ofuscante que bem se poderia pensar que esta fotografia só foi tirada durante o verão de 1918 a fim de torná-la tangível, de lhe conservar algum traço. O pai de Marcel foi feito prisioneiro nas Ardenas já nos primeiros combates e trabalha desde o começo da guerra numa mina de sal na Baixa Silésia. A cada dois meses, ele manda uma carta que pede para um dos companheiros escrever e que as crianças leem para si antes de traduzi-la em voz alta para a mãe. As cartas levam tanto tempo para chegar que todos sempre temem estar escutando apenas os ecos da voz de um morto, trazidos por uma caligrafia desconhecida. Mas ele não está morto e volta para o lugarejo em fevereiro de 1919, para que Marcel possa vir à luz. As pestanas queimaram, as unhas das mãos foram corroídas pelo ácido e, nos lábios craquelados, veem-se os traços esbranquiçados de peles mortas das quais nunca poderá se livrar. Olhou para os próprios filhos sem reconhecê-los, mas a esposa não tinha mudado, pois nunca fora jovem ou fresca, e ele a abraçou, se bem que Marcel não tenha jamais compreendido o que impeliu seus corpos ressequidos e alquebrados, não podia ser o desejo nem algum instinto animal, foi talvez apenas porque Marcel precisava de seu abraço para deixar o limbo de onde espreitava havia tanto tempo, esperando para nascer, e foi para responder a seu apelo silencioso que, naquela noite, os dois rastejaram um para cima do outro, na escuridão do quarto, sem fazer barulho, para não alertar Jean-Baptiste e Jeanne-Marie, que fingiam dormir, estendidos em seu colchão num canto do cômodo, o coração palpitando diante do mistério dos rangidos e dos suspiros roucos que eles compreendiam sem saber nomear, tomados de vertigem diante da amplidão do mistério que misturava, tão perto deles, a violência à intimidade, enquanto seus pais se esgotavam furiosamente a esfregar os corpos um contra o outro, torcendo e explorando a secura das próprias carnes para reanimar suas fontes antigas, ressequidas pela tristeza, o luto e o sal, para colher no fundo do ventre o que lhes restasse de seiva e de muco, um traço de umidade, um pouco do fluido que serve de receptáculo à vida, uma gota que fosse, e fizeram tantos esforços que essa gota única acabou por manar e se condensar neles, tornando possível a vida quando eles mesmos mal e mal viviam. Marcel sempre imaginou, sempre temeu não ter sido desejado, mas tão somente imposto por uma necessidade cósmica impenetrável, que lhe teria permitido crescer no ventre seco e hostil da mãe justo quando um vento fétido se erguia e trazia do mar e das planícies insalubres os miasmas de uma gripe mortal, que varreu os lugarejos e despejou às dezenas, em fossas cavadas às pressas, aqueles que haviam sobrevivido à guerra, sem que nada pudesse detê-la, como a mosca venenosa das lendas antigas, a mosca nascida da putrefação de um crânio maléfico, que, certa manhã, surgira do nada de suas órbitas vazias para exalar um hálito envenenado e sorver a vida dos homens, até ficar tão monstruosamente gorda que sua sombra enegrecia vales inteiros e que só a lança do Arcanjo pôde derrubá-la. Havia muito que o Arcanjo voltara a sua morada celeste, era surdo às preces e às procissões, dera as costas aos moribundos, a começar pelos mais fracos, às crianças, aos velhos, às mulheres grávidas, mas a mãe de Marcel continuava rija, inabalável e triste, e o vento que soprava sem trégua ao redor poupava o seu lar. O vento acabou por minguar, algumas semanas após o nascimento de Marcel, cedendo lugar ao silêncio que se abateu sobre os campos tomados de espinhos e ervas daninhas, sobre os muros de pedras desmoronados, sobre os currais desertos, sobre os túmulos. Quando o extirparam do ventre da mãe, Marcel ficou imóvel e silencioso durante longos segundos, antes de soltar brevemente um grito débil, e era preciso chegar perto de seus lábios para sentir o calor de uma respiração minúscula, que não deixava nos espelhos o menor traço de condensação. Os pais mandaram batizá-lo no ato. Sentaram-se junto ao berço, pondo sobre ele um olhar cheio de nostalgia, como se já o tivessem perdido, e foi assim que o olharam durante toda a infância. A cada febre benigna, cada náusea, cada acesso de tosse, eles o velavam como a um moribundo, acolhendo cada cura como um milagre que não haveria de se repetir, pois nada se esgota mais rápido que a improvável misericórdia de Deus. Mas Marcel sempre se curava e vivia, tão obstinado quanto frágil, como se tivesse aprendido, na escuridão seca do ventre da mãe, a consagrar com eficácia todos os seus parcos recursos à tarefa esgotante de sobreviver até se tornar invulnerável. Um demônio andava à roda, os pais temiam sua vitória, mas Marcel sabia que não, que ele não o venceria, por mais que o derrubasse sem forças na cama, que o esgotasse com cefaleias e diarreias, ele não o venceria, por mais que se instalasse em seu corpo para acender os fogos da úlcera e fazê-lo cuspir sangue com tanta violência que Marcel teve de perder um ano inteiro de escola, ele não o venceria, Marcel terminaria sempre por se levantar de novo, mesmo sem nunca deixar de sentir no estômago a presença de uma mão à espreita, esperando para lhe rasgar os tecidos delicados com a ponta dos dedos cortantes, pois assim seria a vida que lhe fora dada, sempre ameaçada e sempre triunfante. Marcel poupava as forças, as afeições, as surpresas, seu coração não se empolgava quando Jeanne-Marie vinha buscá-lo, gritando Marcel, venha rápido, tem um homem voando na frente da bica, e seus olhos não piscavam ao ver passar o primeiro ciclista jamais visto no lugarejo, vencendo a estrada a toda a velocidade, as abas da jaqueta flutuando às costas feito asas de maçarico, como via sem emoção o pai que despertava de madrugada para ir cultivar terras que não eram suas e tratar de animais que não eram seus, enquanto, por todos os lados, elevavam-se monumentos aos mortos em que mulheres de bronze parecidas com sua mãe empurravam, num gesto augusto e determinado, o filho que consentiam em sacrificar pela pátria, entre soldados que tombavam de boca aberta e bandeira em punho, como se, depois de pagar o preço da carne e do sangue, fosse agora preciso oferecer a um mundo desaparecido o tributo desses símbolos que ele reclamava para se apagar definitivamente, e por fim dar a vez ao mundo novo. Mas nada acontecia, todo um mundo desaparecera sem que nenhum mundo novo viesse substituí-lo, os homens abandonados, privados de mundo, continuavam a comédia da geração e da morte, as irmãs mais velhas de Marcel se casavam, uma depois da outra, e todos comiam bolinhos fritos sob um implacável sol morto, bebendo vinho ruim e forçando um sorriso, como se alguma coisa devesse enfim acontecer, como se as mulheres devessem afinal engendrar, junto com os filhos, também o tal mundo novo, mas nada acontecia, o tempo não trazia nada mais que a sucessão monótona das estações, que se pareciam entre si e não prometiam mais que a maldição de sua permanência, o céu, as montanhas e o mar se imobilizavam no abismo dos olhos dos animais, que arrastavam infinitamente a carcaça magra à beira dos rios, em meio à poeira ou à lama, e no interior das casas, à luz de velas, todos os espelhos refletiam olhares semelhantes, os mesmos abismos cravados no rosto de cera. Quando caía a noite, encolhido na cama, Marcel sentia o coração apertado por uma angústia mortal, pois sabia que aquela noite profunda e silenciosa não era o prolongamento natural e passageiro do dia, mas uma coisa terrível, um estado fundamental no qual a terra recaía depois de um esforço estafante de doze horas, e do qual ela nunca mais escaparia. O raiar do dia não anunciava mais que uma suspensão da pena, e Marcel saía para a escola, detendo-se às vezes no caminho para vomitar sangue, prometendo-se não contar nada à mãe, que o obrigaria a se deitar e rezaria ajoelhada a seu lado enquanto lhe aplicava compressas escaldantes na barriga, decidido a não permitir que seu demônio o arrancasse de novo das únicas coisas que lhe davam alegria, as aulas do professor, os mapas coloridos de geografia e a grandeza da história, com os inventores e os sábios, as crianças salvas das fúrias, os delfins e os reis, tudo aquilo que ainda lhe permitia acreditar que, do outro lado do mar, havia um mundo, um mundo palpitante de vida, em que os homens ainda sabiam fazer algo mais que prolongar sua existência em meio ao sofrimento e à confusão, um mundo que podia inspirar outros desejos que não o de abandoná-lo o mais rápido possível, pois, do outro lado do mar, ele tinha certeza, fazia anos que se festejava o advento de um mundo novo, aquele mesmo que Jean-Baptiste foi buscar em 1926, mentindo a idade para poder se alistar, para vencer o mar e para enfim, na companhia de outros rapazes que, como ele, fugiam às centenas, sem que os pais resignados encontrassem, apesar das dores do adeus, qualquer razão de retê-los, para enfim descobrir a cara que podia ter um mundo. À mesa, ao lado de Jeanne-Marie, Marcel comia de olhos fechados para ir ao encontro de Jean-Baptiste em oceanos fabulosos singrados por juncos de piratas, em cidades pagãs repletas de cantos, fumos e gritos, e em florestas perfumadas, povoadas de animais selvagens e de indígenas temíveis que olhariam para o irmão com respeito e terror, como se ele fosse o Arcanjo invencível, destruidor dos flagelos, novamente votado à salvação dos homens, e, no catecismo, Marcel escutava calado as mentiras do padre, pois sabia o que era um apocalipse e sabia que no fim do mundo os céus não se abririam, que não haveria nem cavaleiros nem trombetas nem número da besta, nenhum monstro, apenas o silêncio, um silêncio tal que quase se diria que nada acontecera. Não, nada acontecera, os anos escoavam como areia, e nada ainda acontecera, e esse nada estendia sobre tudo e todos o poder de seu reino cego, um reino mortal e mesquinho que ninguém sabia dizer quando tivera início. Pois o mundo já desaparecera quando tiraram esta fotografia, no verão de 1918, para que algo permanecesse e testemunhasse as origens e também o fim, o mundo desaparecera sem que ninguém se desse conta, e é sobretudo essa ausência, a mais enigmática e a mais temível das ausências fixadas naquele dia pelo sal de prata sobre o papel, é sobretudo essa ausência que Marcel contemplou a vida inteira, perseguindo-lhe os traços na brancura leitosa das bordas, no rosto de sua mãe, de seu irmão e de suas irmãs, no trejeito birrento de Jeanne-Marie, na insignificância de suas pobres presenças humanas sobre um chão já se furtando sob seus pés, não lhes deixando escolha senão flutuar como espectros num espaço abstrato e infinito, sem saída nem direção, do qual nem mesmo o amor que os ligava poderia salvá-los, pois, na ausência de mundo, mesmo o amor é impotente. Não sabemos, em verdade, o que são os mundos nem do que depende sua existência. Em algum lugar do universo talvez esteja inscrita a lei misteriosa que preside a sua gênese, o seu crescimento e o seu fim. Mas uma coisa sabemos: para que um mundo novo surja, é preciso primeiro que um mundo antigo morra. E sabemos também que o intervalo que os separa pode ser infinitamente curto ou, ao contrário, tão longo que os homens devem aprender a viver em meio à desolação por dezenas de anos, para então fatalmente descobrir que são incapazes de fazê-lo e que afinal de contas não viveram nada. Quem sabe até sejamos capazes de reconhecer os signos quase imperceptíveis que anunciam que um mundo acaba de desaparecer, não o sibilo de um morteiro sobre as planícies estripadas do norte, mas o disparo de um obturador que mal perturba a luz vibrante do verão, a mão fina e gasta de uma mulher jovem que, no meio da noite, fecha devagarinho uma porta contra tudo que sua vida não devia ter sido ou a vela quadrada de um navio cruzando o Mediterrâneo ao largo de Hipona, trazendo de Roma a notícia inconcebível de que os homens seguem vivos, mas seu mundo não existe mais.

“Não tenhais pois reticências, irmãos,
diante dos castigos de Deus”

No meio da noite, cuidando para não fazer nenhum barulho, por mais que ninguém pudesse ouvi-la, Hayet fechou a porta do pequeno apartamento que ocupara durante oito anos no andar de cima do bar em que trabalhava como garçonete e depois sumiu. Por volta das dez da manhã, os caçadores voltaram da batida. Na caçamba das picapes, os cães ainda embriagados pela corrida e pelo cheiro de sangue se esfregavam uns nos outros, balançavam o rabo freneticamente, gemiam e soltavam latidos histéricos, aos quais os homens, quase tão alegres e exaltados quanto eles, respondiam com insultos e maldições, e a grande carcaça de Virgile Ordioni era sacudida por risos contidos cada vez que os outros lhe davam um tapinha nas costas, felicitando-o por ter derrubado sozinho três dos cinco javalis daquela manhã, e Virgile corava e ria, enquanto Vincent Leandri, que perdera um macho graúdo a menos de trinta metros, queixava-se de não servir para mais nada e dizia que a única razão para ainda teimar em participar das batidas era o traguinho que vinha depois, e então alguém gritou que o bar estava fechado. Hayet sempre fora tão regular e confiável quanto a trajetória dos astros, e Vincent logo temeu que alguma coisa de ruim tivesse acontecido. Subiu correndo até o apartamento e bateu à porta, primeiro de leve, depois martelando, sempre em vão, gritando

— Hayet! Hayet! Está tudo bem? Responda, por favor!

e então anunciou que ia derrubar a porta. Alguém disse para Vincent se acalmar, talvez Hayet tivesse saído para alguma compra urgente, se bem que fosse difícil e quase impossível imaginar alguma compra no lugarejo no começo do outono, ainda mais num domingo de manhã, e sobretudo uma compra cuja urgência fosse tal que justificasse o fechamento do bar, mas nunca se sabe, e Hayet com certeza voltaria logo, mas ela não voltava, e Vincent repetia que agora ia derrubar a porta de uma vez, era cada vez mais difícil segurá-lo, e por fim todo mundo concordou que a solução sensata consistia em ir avisar Marie-Angèle Susini de que, por inverossímil que fosse, a garçonete tinha sumido. Marie-Angèle recebeu-os com incredulidade e suspeitou até que já estivessem bêbados, que estivessem pregando uma peça de gosto duvidoso, mas, exceto por Virgile, que ainda ria de tanto em tanto sem saber por quê, estavam todos com cara de esgotados, perfeitamente sóbrios e vagamente inquietos, e Vincent Leandri parecia mesmo devastado, tanto que Marie-Angèle pegou as cópias das chaves do bar e do apartamento e foi atrás deles, também ela cada vez mais inquieta, para subir e abrir o apartamento de Hayet. Tudo fora arrumado com cuidado meticuloso, não havia um grão de poeira, as pias e as ferragens luziam de tão limpas, os armários e as gavetas estavam vazios, os lençóis e as fronhas tinham sido trocados, não restava nada de Hayet, nenhum brinco caído atrás de um móvel, nenhum resto de sabão num canto do banheiro, nenhum pedaço de papel, nem mesmo um cabelo, e Marie-Angèle ficou pasma de não notar nenhum perfume senão o dos produtos de limpeza, como se fizesse anos que nenhum ser humano morasse ali. Marie-Angèle observava o apartamento morto, não entendia por que Hayet partira assim, sem uma palavra de adeus, mas sabia que ela não voltaria, que nunca mais tornaria a vê-la. Ouviu uma voz que dizia

— Talvez a gente devesse chamar a polícia,

mas ela balançou tristemente a cabeça, e ninguém insistiu, porque estava claro que a tragédia silenciosa que se encenara ali, num momento incerto da noite, só dizia respeito a uma pessoa, perdida nos abismos de seu coração solitário, ao qual a sociedade dos homens não teria como fazer justiça. Todos se calaram por um instante, e alguém disse timidamente

— Já que está aqui, Marie-Angèle, você bem que poderia abrir o bar, para a gente pelo menos tomar um traguinho,

e Marie-Angèle concordou em silêncio. Um murmúrio de satisfação atravessou o grupo de caçadores, Virgile começou a rir muito alto, e eles desceram para o bar, enquanto os cães latiam e ganiam sob o sol e Vincent Leandri murmurava

— Vocês são um bando de bêbados, uns merdas,

e os seguia rumo ao bar. Marie-Angèle, atrás do balcão, refazia os gestos que conhecia tão bem e que teria preferido esquecer, indo e vindo com desenvoltura entre os copos e as formas de gelo, anotando de cabeça, na ordem certa e sem o menor erro, os pedidos de rodadas lançados num ritmo infernal pelas vozes tonitruantes e cada vez mais trôpegas, ela escutava a conversa fiada, as mesmas histórias contadas cem vezes, com as variantes e as hipérboles inverossímeis, o jeito como Virgile Ordioni não esquecia nunca de cortar finas lâminas de fígado em meio às entranhas fumegantes do javali morto para comê-las assim mesmo, quentes e cruas, com uma placidez de homem pré-histórico, apesar dos gritos de nojo, aos quais respondia evocando a memória de seu pobre pai, que sempre lhe ensinara que não havia coisa melhor para a saúde, e o bar agora retumbava com os mesmos gritos de nojo, com os punhos cerrados batendo em cima do balcão respingado de *pastis*, e havia ainda mais risos, e alguém dizia que Virgile era um animal, mas um atirador dos diabos, e, sozinho num canto, Vincent Leandri fitava o copo com os olhos tomados de desespero. À medida que o tempo passava, Marie-Angèle via com mais clareza que não estava pronta a retomar esse trabalho, que se tornara mais insuportável do que ela imaginava. Durante anos, tinha se apoiado em Hayet, pouco a pouco deixando para ela a gestão do bar, com toda a confiança, como se ela fosse parte da família, e Marie-Angèle sentia o coração apertado ao pensar que ela partira sem sequer lhe dar um beijo ou deixar um bilhete de adeus, pelo menos algumas linhas que provassem que alguma coisa tivera lugar ali, alguma coisa que havia importado, mas era justamente isso, Marie-Angèle compreendia, era justamente isso que Hayet não podia ter feito, pois agora estava claro que ela quisera não apenas desaparecer, mas também apagar todos os anos passados ali, não conservando senão suas belas mãos precocemente estragadas, que ela bem teria querido cortar e deixar para trás se isso fosse possível, e a maneira maníaca e raivosa como ela arrumara tudo era bem o signo da vontade selvagem de apagamento e da crença de que, por obra da vontade, seria possível apagar da própria vida todos os anos que mais valeria não ter vivido, mesmo que fosse necessário, para tanto, apagar também a recordação daqueles que nos amaram. E Marie-Angèle, servindo mais uma rodada de *pastis* em copos tão cheios que não sobrava lugar para a água, agarrava-se à ideia de que, estivesse onde estivesse, e fosse qual fosse seu destino, Hayet sentia-se, se não feliz, pelo menos libertada, e Marie-Angèle juntava todos os recursos de seu amor para lhe dar a bênção e deixá-la tomar distância, para não manchar de rancor a partida da outra. E assim Hayet se afastava, indiferente às bênçãos como ao rancor, sem suspeitar que seu sumiço já abalava um mundo em que nem pensava mais, pois agora Marie-Angèle sabia com certeza que não reabriria o bar, não se infligiria de novo o espetáculo da infecta borra amarelada cristalizando-se nos copos sujos, os hálitos fedendo a anis, os gritos dos jogadores de truco no meio de invernos intermináveis que bastava recordar para sentir náusea, e as brigas incessantes, com seu ritual de ameaças nunca postas em prática, infalivelmente seguidas de reconciliações lacrimosas e eternas. Ela sabia que não conseguiria. Seria preciso que sua filha, Virginie, aceitasse tomar conta do bar enquanto ela não contratasse uma nova garçonete, mas essa solução era inviável de vários pontos de vista. Virginie nunca na vida fizera nada que pudesse se aparentar, mesmo de longe, a um trabalho, sempre explorara o domínio infinito da inação e do descaso e parecia determinada a viver essa vocação até o fim, e de resto, mesmo que Virginie pegasse no batente, seu humor rabugento e seus ares de princesa a tornavam totalmente inapta para uma tarefa que supunha contatos regulares com outros seres humanos, mesmo que fosse uma gente simplória como os clientes regulares do bar. Marie-Angèle terminaria por encontrar uma nova garçonete, não havia dúvida, mas sentia-se incapaz de voltar a se comportar como patroa, não queria controlar horários nem fechar o caixa no fim do dia para ver se as contas estavam certas, não queria voltar a levar a comédia da autoridade e da desconfiança que Hayet tornara completamente inútil havia tanto tempo e, sobretudo, não queria admitir que Hayet era, afinal, substituível. Olhou para Virgile Ordioni, que titubeava rumo ao toalete, pensou com fatalismo no triste destino que aguardava o assento da privada, impecavelmente lavado com água sanitária, sem falar do chão e das paredes, viu-se passando toda a tarde de domingo empunhando uma esponja e praguejando contra aqueles selvagens e decidiu publicar logo um anúncio para arrendar o bar.

Naquela noite, depois de dar a seu filho Libero notícias detalhadas sobre cada um de seus irmãos e irmãs e ainda sobre a coorte inumerável dos sobrinhos, depois de lhe perguntar, como toda noite desde sua partida, se ia se aclimatando bem a Paris, Gavina Pintus contou, logo antes de desligar, que a garçonete do bar havia sumido misteriosamente do lugarejo. Libero contou a notícia para Matthieu Antonetti, que respondeu com um grunhido distraído, e os dois retomaram o trabalho, esquecendo no ato esse que era, todavia, um marco do início de sua nova existência. Conheciam-se desde a infância, mas não desde sempre. Matthieu tinha oito anos quando a mãe, inquieta com seu caráter resolutamente solitário e meditativo, decidiu que o filho precisava de um amigo para aproveitar melhor as férias no lugarejo. Ela o pegou pela mão, depois de tê-lo borrifado com água de colônia, e o arrastou à casa dos Pintus, cujo caçula tinha a mesma idade. A casa, enorme, exibia protuberâncias de pedra de cantaria ainda por rebocar e parecia um organismo que não parava de crescer erraticamente, como animado por uma força vital e selvagem, fios elétricos ornados de bocais pendentes corriam ao longo das fachadas, tubulações atravancavam o pátio, cachorros dormiam ao sol, sacos de cimento e um número considerável de objetos sem nome esperavam o dia de provar sua utilidade. Gavina Pintus cerzia um casaco, o corpo deformado por onze gestações completas mal cabendo numa frágil cadeira de dobrar, Libero estava sentado sobre uma mureta logo atrás da mãe, olhando três de seus irmãos, cobertos de graxa, às voltas com o motor desmontado de um carro já sem idade. Quando viu Matthieu, que se aproximava resistindo à tração enérgica do braço da mãe, descambando com todo o corpo, Libero observou-o com atenção, sem se mexer nem sorrir, Matthieu se fez tão pesado que Claudie Antonetti foi obrigada a parar, e, poucos segundos depois, quando o menino rompeu em lágrimas, ela não teve escolha senão levá-lo de volta para casa para lhe assoar o nariz e dar um ralho. O menino foi se refugiar nos braços da irmã mais velha, Aurélie, que mais uma vez cumpriu suas funções de mãe por procuração com uma gravidade ainda infantil. No fim da tarde, Libero veio bater à porta, e Matthieu aceitou segui-lo até o lugarejo, deixando-se guiar por um caos de caminhos secretos, bicas d'água, insetos maravilhosos e ruelas que configuravam pouco a pouco um espaço ordenado e formavam um mundo que logo deixou de assustar, que logo se transformou numa obsessão para Matthieu. Os anos passavam, e o fim das férias dava ensejo a cenas patéticas, a tal ponto que Claudie começou a se lamentar por ter conduzido o filho a uma socialização cujas consequências ela não soubera prever. Matthieu vivia na expectativa do verão e, aos treze anos, quando compreendeu que os pais, monstros de egoísmo, não cogitavam largar o emprego parisiense para permitir que ele se mudasse de vez, o menino bateu o pé para que o deixassem passar pelo menos um mês das férias de inverno no lugarejo. Matthieu reagiu à recusa com crises de nervos devidamente escandalosas e períodos de jejum curtos demais para afetar a saúde, mas longos e teatrais o bastante para exasperar os pais. Jacques e Claudie Antonetti diziam-se tristemente que tinham engendrado um pentelhinho de primeira, mas essa constatação desoladora não ajudava em nada a resolver o problema. Jacques e Claudie eram primos em primeiro grau. Depois que a esposa morrera no parto, Marcel Antonetti, pai de Jacques, decretou-se incapaz de cuidar de uma criança de peito e procurou socorro, como fizera a vida inteira, com a irmã Jeanne-Marie, que não pensou um instante e pegou Jacques para criar ao lado da própria filha, Claudie. Os dois tinham crescido juntos, e a descoberta da relação que mantinham, logo seguida do anúncio de sua intenção de se casar, foi obviamente acolhida por toda a família com um estupor indignado. Mas sua obstinação era tal que o casamento acabou acontecendo, na presença de uma magra assembleia, para a qual a cerimônia não representava absolutamente o comovente triunfo do amor, e sim a vitória do vício e da consaguinidade. O nascimento de Aurélie, um bebê sadio, contra todas as expectativas, acalmou um pouco as tensões familiares, e o parto de Matthieu se fez numa atmosfera aparente de perfeita normalidade. Mas logo se viu que Marcel, incapaz de zanga com o filho ou a nora, transferira toda a agressividade para os netos, e, se afinal acabara por se afeiçoar a Aurélie, a ponto de volta e meia entregar-se a manifestações de idolatria senil, não deixava por isso de perseguir Matthieu com toda a sua má vontade, com todo o seu ódio, por incongruente que fosse, como se o menino tivesse tratado de agenciar a união abominável de que nascera. A cada verão, Claudie surpreendia os olhares hostis que ele lançava contra seu filho, Marcel recuava, de modo ostensivo demais para ser instintivo, cada vez que o neto vinha lhe dar um beijo, não desperdiçava nenhuma chance de fazer alguma observação insidiosa sobre seus modos à mesa, sua propensão à sujeira ou à burrice, e Jacques baixava dolorosamente os olhos, e Claudie segurava-se vinte vezes para não insultar aquele velho por quem já não tinha o menor carinho. Quando Matthieu começou a frequentar Libero, Marcel mostrou-se ignóbil, murmurando entredentes

— Não dá nem para ficar surpreso com ele assim, amigado com um sardo,

e Claudie não disse nada,

— Mas também não precisava trazer o moleque aqui em casa,

e ela não disse nada, por anos a fio, ela não disse nada. Mas, algumas semanas antes, como todo ano, Matthieu mandara uma cartinha de aniversário para o avô,

Feliz aniversário, eu te amo, do netinho, Matthieu,

uma cartinha inocente e ritual à qual Marcel respondeu com duas linhas,

Meu rapaz, com quase treze anos, você poderia me poupar a leitura de tolices que já não são para a minha idade nem são mais para a sua. Escreva quando tiver alguma coisa para dizer, senão abstenha-se.

Claudie interceptou a carta e empunhou o telefone, tremendo de fúria,

— Você é um velho imbecil, gagá, e com certeza vai morrer feito um velho imbecil, mas, enquanto a hora não chega, pense duas vezes antes de falar assim com o meu filho,

e Marcel choramingou vagamente ao telefone, antes que Claudie desligasse na sua cara, praguejando contra a injustiça cruel do destino que houvera por bem privá-la de seus pais para fazê-la viver com aquele traste insuportável que se queixava de estar sempre agonizante e telefonava bem no meio da noite à menor gripe, ao menor sinal de fraqueza, mostrando-se inesgotável sobre os desdobramentos engenhosos da úlcera que devia tê-lo matado havia setenta anos, quando na verdade tinha uma saúde de ferro, como se, mais que tudo, ele fizesse questão de estragar a vida do filho adulto, depois de tê-lo desdenhado completamente durante a infância, e Claudie acalentava o projeto delicioso de pegar um avião para ir ao lugarejo e sufocá-lo com o travesseiro ou, melhor ainda, estrangulá-lo com as próprias mãos, mas afinal tinha que renunciar às fantasias vingadoras e constatar que, na realidade, era impossível confiar seu filho àquele homem durante todas as férias e igualmente impossível anunciar para o menino que teria que ficar em Paris porque o avô paterno o detestava. Foi um telefonema de Gavina Pintus que resolveu o problema: ela anunciava numa mistura de corso e dialeto sardo da Barbaggia que ficaria encantada de hospedar Matthieu em casa sempre que ele quisesse. Claudie bem teve vontade de recusar, nem que fosse para ensinar a Matthieu que a chantagem afetiva não compensava nunca, mas também porque suspeitava que o próprio estivesse, via Libero, na origem de um oferecimento tão oportuno, mas afinal aceitou tão logo compreendeu que agora ela mesma estava em situação de chantagear o filho, coisa que não deixou de fazer, brandindo a ameaça de suprimir as férias a cada novo fracasso escolar ou a cada nova tentativa de rebelião, e, por muitos anos, Claudie teve o gosto de constatar que, de fato, como atestava o espetáculo diário de um filho cortês, esforçado e dócil, não há nada que renda mais que a chantagem.

Havia dois mundos, talvez infinitos outros, mas para ele havia apenas dois. Dois mundos absolutamente separados, hierarquizados, sem fronteiras comuns, e ele queria agora tornar seu o que lhe era mais alheio, como se tivesse descoberto que a parte essencial dele mesmo era precisamente a que lhe era mais alheia, a que agora cabia descobrir e viver, uma vez que lhe fora arrancada ainda antes de seu nascimento, quando o haviam condenado a viver uma vida de estrangeiro, sem que ele nem sequer se desse conta, uma vida na qual tudo o que lhe era familiar se tornara odioso, que nem sequer era uma vida, mas uma paródia mecânica da vida, que mais valia esquecer, deixando por exemplo que o vento frio da montanha fustigasse seu rosto quando subia com Libero na traseira de uma quatro por quatro sacolejante, conduzida por Sauveur Pintus pela estrada esburacada que levava ao curral. Matthieu tinha dezesseis anos e agora passava todas as férias de inverno no lugarejo e movia-se pela inextricável fratria dos Pintus com uma desenvoltura de etnólogo veterano. O irmão mais velho de Libero sugerira que passassem o dia com ele, e, quando chegaram ao curral, os dois deram com Virgile Ordioni ocupado em castrar os leitões, agrupados num cercadinho. Ele os atraía com pedaços de comida, enquanto soltava grunhidos que supostamente soavam agradáveis aos ouvidos de um porco, e quando um deles, embeiçado pelo encanto daquela música ou, mais prosaicamente, cegado pela voracidade, se aproximava, imprudente, Virgile pulava sobre ele, derrubava-o no chão feito um saco de batatas e o virava pelas patas de trás, antes de se instalar a cavaleiro sobre a barriga, prendendo no torno implacável de suas coxas grossas o animal trapaceado, que agora soltava berros abomináveis, pressentindo que não vinha nada de bom pela frente, e Virgile, de faca em punho, fazia uma incisão no saco escrotal com um gesto seguro e mergulhava os dedos na abertura para extrair um primeiro testículo, cujo cordão ele cortava antes de submeter o segundo ao mesmo destino e de jogar ambos numa grande bacia, cheia até a metade. Terminada a operação, o leitão libertado demonstrava um estoicismo que impressionou Matthieu, voltando a comer como se nada tivesse acontecido, em meio a seus congêneres indiferentes, que passaram todos, um depois do outro, pelas mãos hábeis de Virgile. Matthieu e Libero observavam o espetáculo, cotovelos apoiados na cerca. Sauveur saiu do curral e veio ao encontro dos dois.

— Nunca viu uma dessas, hein, Matthieu?

Matthieu balançou a cabeça, e Sauveur deu um risinho.

— Virgile é dos bons, entende da coisa, não tem nem o que dizer.

Mas Matthieu nem pensava em responder, pois o cercado era agora teatro de uma interessante peripécia.

Virgile, sentado sobre um leitão com o saco escrotal recém-perfurado, soltou um palavrão e voltou-se para Sauveur, que perguntou o que havia.

— Este aqui só tem um! Só um! O outro não desceu!

Sauveur deu de ombros.

— Acontece!

Mas Virgile não queria se dar por vencido, cortou o testículo solitário e retomou a exploração do saco escrotal vazio, gritando

— Dá pra sentir, dá pra sentir!

e continuando a soltar palavrões porque o leitão, que pagava caro pelo atraso da puberdade, fazia esforços desesperados para escapar ao aperto de seu torturador, retorcia-se para todo lado, levantava poeira e soltava berros que agora pareciam quase humanos, a tal ponto que Virgile acabou por desistir. O leitão se levantou e se refugiou num canto do cercado, de cenho franzido e patas tremelicantes, as longas orelhas de manchas negras descaídas por cima dos olhos.

Matthieu perguntou

— Ele vai morrer?

Virgile se aproximava com a bacia embaixo do braço, limpava o suor da testa e ria ao dizer

— Não, não morre não, só está meio remexido, o bichinho é forte, leitão não morre assim não,

e continuava a rir e perguntava

— Então, meninos, vamos nessa? Vamos comer?,

e Matthieu entendeu que a bacia continha a refeição do dia e fez o que pôde para não deixar transparecer a surpresa, pois afinal aquele mundo era o seu, mesmo que ele ainda não o conhecesse de verdade, e toda surpresa, por mais repugnante que fosse, devia ser negada no ato, transformada em hábito, se bem que a monotonia do hábito fosse justamente incompatível com o deleite que Matthieu sentia ao se empanturrar de testículos de porco assados na fogueira, enquanto o vento forte empurrava as nuvens montanha acima, para além da capelinha consagrada à Virgem, uma capela toda branca, ao pé da qual ardiam as velas escarlate que Sauveur e Virgile volta e meia acendiam em honra a sua companheira de solidão, as mãos que haviam construído a capela tinham sido varridas pelo vento havia muito tempo, mas tinham deixado aqui os traços de sua existência, e, mais para cima, ao longo de uma encosta abrupta, percebiam-se os vestígios de paredes desmoronadas, quase invisíveis por terem a mesma cor vermelha da rocha granítica donde tinham se destacado antes que a montanha as retomasse e reabsorvesse lentamente em seu seio coberto de pedras e cardos, como se quisesse manifestar não seu poder, mas sua ternura. Sauveur esquentava no fogo uma panelinha de café ruim, falava com Virgile e com o irmão numa língua que Matthieu não compreendia, mas sabia ser a sua, e escutava-os enquanto bebia o café escaldante, sonhando que os compreendia quando na verdade suas palavras não tinham mais sentido para ele que o rugir do rio, cujas águas ressoavam invisíveis ao fundo do precipício estreito que rasgava a montanha como uma ferida profunda, um sulco traçado pelo dedo de Deus já no início do mundo. Depois da refeição, os dois seguiram Virgile até um recinto em que secavam os queijos, e ele abriu uma mala velha, enorme, repleta de uma pavorosa barafunda de velharias, de freios, de velhos estribos enferrujados, de pares de botas militares de todos os tamanhos, em couro tão rígido que mais pareciam talhadas em bronze, e Virgile tirou dali um velho fuzil de guerra envolto em trapos e diversos pedaços de ferragem que, para o estupor de Matthieu, vinham a ser fuzis-metralhadoras Sten, lançados de paraquedas durante a guerra, em tal quantidade que ainda havia quem os encontrasse no meio do mato, esperando para ser recolhidos fazia sessenta anos, e Virgile contava, rindo, que seu pai fora um grande combatente da Resistência, o terror dos italianos, na época em que Ribeddu* e seus homens andavam pelas mesmas paragens e avançavam em silêncio durante a noite, à espreita do rumor dos aviões, e Virgile dava um tapa no ombro de Matthieu, que escutava tudo boquiaberto, já se imaginando um herói temível

— Agora vamos, vamos atirar.

Virgile verificou o fuzil, pegou algumas balas, e foram se sentar sobre um bom rochedo que encimava a ravina, e todos atiraram, um depois do outro, mirando na encosta em frente, o eco dos disparos perdia-se na floresta de Vaddi Mali, e grandes flocos de neblina vinham subindo do mar e do vale, Matthieu sentia frio, o coice do fuzil lhe machucava o ombro, e sua felicidade era perfeita.

* Alcunha de Dominique Lucchini, comandante das guerrilhas comunistas na região de Alta Rocca.

A partida de Hayet marcou, contra toda expectativa, o começo de uma série de calamidades que se abateram sobre o bar do lugarejo como a maldição divina sobre o Egito. Tudo anunciava, porém, o melhor: bastou que Marie-Angèle Susini pusesse o anúncio de aluguel do bar para que um candidato se manifestasse. Era um sujeito por volta dos trinta anos, vindo de uma cidadezinha do litoral, onde trabalhara por muito tempo como garçom e *barman* em estabelecimentos que não hesitava nomear como de prestígio. Ele transbordava de entusiasmo, sem tirar nem pôr, o potencial comercial do bar era com certeza extraordinário e logo se revelaria nas mãos de um administrador hábil, que soubesse tirar proveito dele, o que, sem querer ofender Marie-Angèle, não acontecera até então, ninguém é obrigado a ter ambição, mas ele tinha, e muita, não queria se dar por satisfeito com uma gestão pacata, a clientela local não era o bastante, não seria com os jogadores de truco e os pobretões do lugar que se faria um *business* digno desse nome, era preciso visar os jovens, os turistas, propor um conceito, comprar um som, ter algum serviço de restaurante, de resto, ele já pensava em ajeitar uma cozinha, chamar DJs do continente, conhecia o povo da noite como a palma da própria mão, e andava de cá para lá pelo bar designando tudo o que era imperioso mudar, a começar pela mobília, de chorar, e quando Marie-Angèle anunciou que pedia, com base no faturamento, doze mil euros anuais de aluguel, ele ergueu os braços para o céu, exclamando que aquilo estava dado, Marie-Angèle logo logo ficaria besta de ver a metamorfose que iria acontecer ali e da qual ele seria o autor, doze mil euros não eram nada, um presente, ele ficava até constrangido, tinha a sensação de a estar roubando, e ele explicou que queria começar aplicando o capital nas obras de primeira necessidade, pagaria a primeira metade do aluguel dali a seis meses e, seis meses depois, o saldo mais um ano adiantado. Marie-Angèle achou a proposta honesta e não quis dar ouvidos a Vincent Leandri quando este veio avisar que, pelo que pudera apurar, o sujeito era um vagabundo notório, cujas únicas experiências profissionais se resumiam a bicos de verão em barracas de batata frita à beira da praia. Parecia, de resto, que Vincent Leandri de fato se mostrara injustamente desconfiado. As obras anunciadas foram levadas a cabo. O fundo do salão foi transformado em cozinha, a mobília foi trocada, vieram entregar o equipamento de som, as caixas, o toca-discos, uma mesa de bilhar magnífica e, na véspera da inauguração, um letreiro luminoso, que foi pendurado acima da porta. Via-se nele o rosto pisca-pisca de Che Guevara, do qual saía um balão de história em quadrinhos que anunciava em letras de neon azul

El Comandante Bar, sound, food, lounge.

No dia seguinte, na noite de inauguração, os clientes de sempre foram acolhidos por uma música tecno agressiva que os impedia de ouvir o que gritavam durante a partida de truco e descobriram, para pasmo geral, que o gerente decidira não vender *pastis*, uma questão de atitude, e agora oferecia coquetéis a um preço absurdo, que consumiram fazendo careta e não puderam repetir, porque o gerente estava ocupado demais, festejando com um bando de amigos que entornavam litros de vodca e terminaram dançando sem camisa em cima do balcão. Os amigos em questão tornaram-se rapidamente a única clientela constante do bar, cujos horários de atendimento foram reduzidos a um mínimo bastante estrito. Ficava fechado durante a manhã. Às seis da tarde, o ritmo lancinante da música tecno anunciava o começo do serviço. Carros de fora estacionavam onde podiam, ouviam-se risos e gritos até as onze da noite, quando todo o bando, gerente incluso, descia para a cidade. A música recomeçava às quatro da manhã, quando voltavam da boate, e os aldeões condenados à insônia podiam ver através da persiana o gerente, cercado de garotas de aparência lamentável, precipitando-se para dentro do bar e fechando a porta à chave, e logo correu o rumor de que a mesa de bilhar só fora comprada para proporcionar ao novo gerente a superfície plana de que ele precisava para satisfazer a própria lubricidade. Ao fim de três meses, Marie-Angèle foi vê-lo e perguntou como esperava pagar o aluguel. Ele disse que não se preocupasse, mas ela achou melhor repetir a visita na companhia de Vincent Leandri, que exigiu ver as contas e avisou que, se sua curiosidade legítima não fosse satisfeita, seria forçado a ir até as últimas consequências. O gerente tentou desconversar, antes de admitir que não tinha nenhum livro-caixa, que embolsava toda noite toda a receita do caixa, para gastar na cidade, mas disse não ter dúvida de que recuperaria tudo na primavera, quando desembarcassem os primeiros turistas. Vincent soltou um suspiro.

— Você paga tudo o que deve na semana que vem ou eu lhe quebro todos os dentes.

O gerente teve uma reação fatalista não desprovida de certa nobreza.

— Não tenho um tostão. Nada. Acho que você vai ter de me quebrar os dentes.

Marie-Angèle conteve Vincent e tentou chegar a um acordo, que se mostrou impossível, pois não apenas o sujeito não tinha um tostão como os fornecedores não tinham sido pagos e as obras tinham sido feitas a crédito. Vincent cerrava os punhos enquanto Marie-Angèle o arrastava para fora, repetindo não vale a pena, não vale a pena, mas ele deu meia-volta, empunhou uma garrafa d'água e quebrou-a na cabeça do gerente, que caiu no chão, gemendo de dor. Vincent resfolegava de cólera.

— É por princípio, seu filho da puta, por pura questão de princípio!

Marie-Angèle teve afinal que renunciar ao dinheiro e pagar dívidas pelas quais não era responsável. Decidiu ser mais circunspecta na hora de escolher, o que não lhe foi de grande utilidade. A gerência foi confiada a um jovem casal adorável, cujas querelas conjugais transformaram o bar num *no man's land* do qual se elevava de dia como de noite um estrépito de vidro quebrado, de gritos e insultos de uma grosseria inconcebível, seguido de reconciliações ofegantes e igualmente generosas em decibéis, donde se depreendia que os recursos do casal em matéria de grosseria eram inesgotáveis, no furor como no êxtase, a tal ponto que as mães de família escandalizadas proibiram que sua inocente progenitura se aproximasse daquele lugar de depravação, até que o jovem casal foi substituído por uma senhora de idade e aparência respeitáveis, que passava o dia maltratando a clientela e submetendo os preços a variações caprichosas, como se quisesse consagrar toda a energia a afundar o negócio, coisa que conseguiu em tempo recorde, e Marie-Angèle desesperava-se com o verão que se aproximava, convencida de que ela mesma teria que tomar a frente e consertar os estragos antes que fossem irreversíveis. Mas em junho, quando já se resignava a voltar ao trabalho, recebeu uma oferta que a encheu de alegria. Eram do continente. Durante quinze anos tinham tocado um bar de família nos arrabaldes de Estrasburgo, e agora procuravam céus mais clementes. Bernard Gratas e sua esposa tinham três filhos entre doze e dezoito anos, razoavelmente feios, mas bem-educados, e vinham acompanhados de uma avó inválida e senil, cujo embotamento inspirou a mais viva confiança a Marie-Angèle. Ela precisava de estabilidade, e os Gratas eram a encarnação da estabilidade. Quando ela explicou que, tendo sofrido dissabores sobre os quais preferia não se estender, gostaria de receber o pagamento adiantado, Bernard Gratas assinou no ato um cheque que, milagrosamente, tinha fundos, e Marie-Angèle confiou-lhes as chaves do bar e do apartamento, contendo-se para não abraçá-los. A avó foi instalada perto da lareira, e os Gratas reabriram o bar oportunamente rebatizado como Bar dos Caçadores, o que, não sendo original, era de um tradicionalismo da melhor têmpera, e os clientes regulares, meio escaldados, foram retomando os velhos hábitos, o café de manhãzinha, o carteado e o traguinho da tarde, as discussões animadas durante as noites amenas de verão. Marie-Angèle estava radiante, mas censurava-se por não ter percebido mais cedo qual fora o seu erro. Não devia, por nenhum preço, ter confiado o bar a um compatriota, se tivesse pensado por um segundo que fosse, ela teria procurado um novo gerente em terra firme, o sucesso dos Gratas confirmava-o de maneira flagrante, gente simples e trabalhadora, cujo bom senso sólido compensava de longe a manifesta ausência de fantasia, era disso que ela precisava, desde sempre, e eles logo se adaptariam de vez, ela já não duvidava, por mais que os habitantes do lugarejo, com sua concepção um pouco rugosa de hospitalidade, ainda os tratassem como "os gauleses" e só lhes dirigissem a palavra para fazer o pedido, mas tudo correria bem e, além disso, à medida que o verão avançava, o ambiente ia se tornando não amigável, mas pelo menos descontraído, e Bernard Gratas agora era convidado para as partidas de truco, Vincent Leandri decidira até estender-lhe a mão, no que logo foi imitado pelos outros clientes do bar, era só uma questão de tempo para que se instalasse de vez a harmonia sonhada por Marie-Angèle. Assim, ela não pôs reparo em sinais que, todavia, deviam tê-la inquietado. Gratas já não se contentava em servir as rodadas, ele bebia cada vez mais, para ser agradável a fulano ou a beltrano, deixava abertos dois e logo três botões da camisa, que agora comprava em modelos acinturados, uma pulseira de ouro surgiu-lhe misteriosamente ao redor do punho e, no fim do verão, para coroar o conjunto, ele fez a dupla aquisição de um casaco de couro envelhecido e um barbeador elétrico, o que certamente, para bom entendedor, não podia significar senão o pior.

Quando Matthieu e Libero chegaram ao lugarejo, de diploma no bolso, no começo do mês de julho, Bernard Gratas ainda não empreendera a metamorfose física que seria o primeiro sintoma de uma desordem interior mais considerável e irreversível. Continuava atrás do balcão, sério e rijo, de pano em punho, ao lado da esposa, que cuidava do caixa, e parecia imune a toda forma imaginável de desordem, coisa que Libero resumiu numa única fórmula concisa

— Esse aí tem mesmo jeito de ser um perfeito imbecil.

Mas nem ele nem Matthieu tinham a menor intenção de fazer amizade com Gratas e estavam tão felizes com as férias que nem se interessaram pela questão. Começaram a sair todas as noites. Conheciam moças, levavam-nas para a praia à meia-noite e, às vezes, traziam-nas para o lugarejo. Acompanhavam-nas de volta para casa e aproveitavam para tomar um café no porto. As barcas descarregavam sua monstruosa carga de carne. Em toda parte havia gente, *shorts*, sandálias, gritinhos de espanto e comentários estúpidos. Em toda parte havia vida, vida demais. E os dois observavam aquela vida pululante com um indizível sentimento de superioridade e alívio, como se não fossem da mesma natureza, uma vez que estavam em casa —por mais que devessem, também eles, partir novamente em setembro. Matthieu conhecia bem esse vaivém incessante, mas aquela era a primeira vez que Libero voltava à ilha depois de uma ausência tão longa. Como tantos outros, seus pais tinham imigrado de Barbaggia nos anos 1960, mas ele mesmo jamais pusera os pés na Sardenha. Só a conhecia pelas lembranças da mãe, uma terra miserável, velhas de lenço na cabeça, amarrado cuidadosamente sob o lábio inferior, homens de polaina de couro, estudados por gerações de criminólogos italianos que lhes haviam medido os membros, a caixa torácica e o crânio, anotando com minúcia as imperfeições da ossatura, para decifrar sua linguagem secreta e chegar à inscrição indiscutível de uma propensão natural ao crime e à selvageria. Uma terra devoluta. Uma terra que já não lhe dizia respeito. Libero era o caçula de onze irmãos e irmãs, Sauveur, o primogênito, era quase vinte e cinco anos mais velho que ele. Não conhecera os insultos e o ódio que aguardavam ali os imigrantes sardos, o trabalho sub-remunerado, o desprezo, o motorista do ônibus escolar, meio bêbado, que batia nas crianças quando passavam perto dele

—Agora só dá sardo e árabe nesta terra!,

e que lançava olhares assassinos pelo retrovisor. Tudo passa, as crianças aterrorizadas que encolhiam a cabeça no fundo do ônibus agora eram homens-feitos, e o motorista morrera sem que ninguém pensasse em prestar uma homenagem, cuspindo em cima da lápide. Libero estava em casa. Não apenas terminara a escola como fora um aluno especialmente brilhante, e, depois dos exames finais, todas as suas candidaturas ao ciclo básico foram aceitas, sua mãe quase sufocara de alegria, se bem que não fizesse a menor ideia do que fosse um ciclo básico, e quase sufocara Libero ao apertá-lo contra seu peito imenso, ofegante de emoção e de orgulho. Libero decidira ir a Bastia e, durante dois anos, toda segunda-feira de manhã, um ou outro de seus irmãos e irmãs acordara cedo para levá-lo de carro até Porto Vecchio, onde ele pegava o ônibus. Em Paris, Matthieu pedira permissão aos pais para também se inscrever em Bastia. Eles teriam aceitado, mas as notas de Matthieu não estavam à altura, como ele mesmo teve de reconhecer. Inscreveu-se então em Paris IV, num bacharelado em filosofia, única disciplina em que tivera algum êxito, e resignou-se a pegar o metrô toda manhã, rumo aos prédios horrendos para os lados da Porte de Clignancourt. A certeza de estar provisoriamente recolhido a um mundo estranho, que só existia entre parênteses, não o ajudou a fazer amigos. Tinha a impressão de andar ao lado de fantasmas, com os quais não tinha nenhuma experiência em comum e que, para piorar, pareciam ser de uma arrogância insuportável, como se o fato de estudar filosofia lhes conferisse o privilégio de compreender a essência de um mundo que o comum dos mortais contentava-se em habitar estupidamente. Fez amizade, mesmo assim, com uma de suas colegas, Judith Haller, com a qual às vezes estudava, ia ao cinema ou, à noite, bebia alguma coisa. Judith era muito inteligente e alegre, e sua beleza medíocre não era tanta que afastasse Matthieu, que, entretanto, não se sentia capaz de manter uma relação amorosa com quem quer que fosse, pelo menos não ali, em Paris, pois sabia que não estava destinado a viver ali e não queria mentir para ninguém. Assim, em nome de um futuro tão inconsistente quanto a bruma, ele se privava de todo presente, como acontece tantas vezes, é verdade, com os homens. Uma noite, beberam e conversaram até tarde num bar para os lados da Bastilha, e Matthieu deixou passar a hora do último metrô. Judith ofereceu abrigo, e ele foi a pé até a casa dela, depois de mandar um SMS para a mãe. Judith morava num horroroso quartinho de sótão, no sexto andar de um prédio no XII *arrondissement*. Ela não acendeu a luz, pôs uma música bem baixinho e deitou na cama, de camiseta e calcinha, o rosto virado para a janela. Quando Matthieu deitou ao lado, todo vestido, ela se virou sem dizer uma palavra, ele viu seus olhos, que brilhavam na escuridão, teve a impressão de que ela sorria um sorriso trêmulo, ouviu uma respiração pesada e profunda que o comovia, sabia que bastava estender a mão e tocá-la para que alguma coisa acontecesse, mas não pôde, seria como abandoná-la e traí-la de saída, a culpa o paralisava, e ele não se mexia, contentando-se em ficar ali, cara a cara, olho no olho, até que o sorriso desaparecesse e os dois adormecessem. Matthieu afeiçoava-se a ela como a uma possibilidade remota. Às vezes, quando tomavam um café, Matthieu imaginava que levantava a mão e lhe fazia um carinho no rosto, quase via aquela mão plausível que se erguia sem pressa no ar transparente e roçava uma mecha dos cabelos de Judith antes de tocar o rosto, sentia seu calor na palma da mão, enquanto ela se entregava suave, subitamente pesada e silenciosa, e ele sabia, sabia tão bem que seu coração real batia mais rápido, sabia que jamais saltaria por cima do abismo que o separava desse mundo possível porque o destruiria tão logo chegasse a ele. Esse mundo perdurava, pois, a meio caminho entre a existência e o nada, e Matthieu conservava-o cuidadosamente assim, numa rede complexa de atos interrompidos de desejo, de repulsa e de carne impalpável, sem saber que, anos mais tarde, a queda do mundo que ele logo mais faria existir terminaria por trazê-lo de volta a Judith como a um lar perdido — sem saber que um dia se censuraria por ter errado tão cruelmente de destino. Mas, por ora, Judith não era seu destino, e ele não queria que ela viesse a sê-lo, Judith continuava a ser uma ocasião de devaneio, suave e inofensivo, graças ao qual a imperceptível passagem do tempo, que o sufocava e o prostrava, por vezes se tornava mais rápida e mais leve, e dois anos mais tarde, quando chegou a hora de saber onde Libero continuaria os estudos, Matthieu sentiu que tinha uma dívida de gratidão, como se Judith tivesse permitido que ele escapasse à prisão viscosa de uma eternidade da qual, sem ela, ainda seria prisioneiro. Matthieu esperava que Libero viesse estudar em Paris, esperava com tanta convicção que não imaginava nem por um segundo que as coisas pudessem tomar outro rumo, pois era inevitável que a realidade assumisse, ao menos de tempos em tempos, a forma de sua esperança. Por isso foi tão terrível o choque que sentiu quando soube que Libero terminaria os estudos de letras em Corte, não por opção, mas porque os Pintus não dispunham dos meios para mandá-lo para o continente. Matthieu já não duvidava de que uma divindade perversa e maligna determinava o curso do mundo, votada a transformar sua vida numa longa sequência de infortúnios e decepções imerecidas, e sem dúvida teria persistido por muito tempo nessa crença, se uma iniciativa de sua mãe não o tivesse levado a pôr em questão essa hipótese tão inquietante. Claudie veio sentar-se ao lado de Matthieu, que remanchava com ar amuado em plena sala de estar, de tal modo que ninguém pudesse escapar ao espetáculo de sua miséria. Contemplou-o com uma compaixão irônica que por pouco não o ofendeu, mas antes que ele tivesse tempo para tanto, Claudie sorriu

— Vamos propor a Libero que venha morar aqui. No quarto de Aurélie. O que você acha?

E, naquele verão, como aos oito anos, Matthieu foi de novo com a mãe até a casa dos Pintus. Gavina Pintus continuava sentada em sua cadeira dobrável, em meio a um novo acúmulo de entulho. Ela os convidou para tomar um café, e eles se viram sentados ao redor da imensa mesa que Matthieu agora conhecia tão bem. Libero juntara-se a eles. Claudie falava, e Matthieu escutava a mãe, que falava numa língua que ele não compreendia, mas que sabia ser a sua, ela segurou as mãos de Gavina Pintus, que balançava a cabeça em sinal de recusa, Claudie inclinou-se para ela e continuou a falar, e Matthieu não podia fazer outra coisa senão imaginar o que ela dizia.

— A senhora recebeu meu filho como se ele fosse o seu, agora é a nossa vez, ninguém está fazendo caridade, agora é a nossa vez,

e continuou a falar com uma convicção incansável, até que Matthieu compreendeu, vendo o rosto de Libero iluminado por um sorriso, que Claudie conseguira o que viera buscar.

A *via crucis* de Bernard Gratas teve início com ares de festa. Matthieu e Libero estavam preparando a dissertação de mestrado em Paris quando ele começou a organizar toda semana uma partida de pôquer na sala dos fundos do bar. É muito duvidoso que a iniciativa tenha partido do próprio Bernard Gratas. O mais provável é que tenha sido sugestão de alguém que precisasse continuar no anonimato, mas que certamente percebeu que estava diante de um pato cujo desejo mais ardente e mais urgente era ser depenado. As partidas obtiveram um grande sucesso tão logo se espalhou pela região que Gratas era um jogador tão deplorável quanto imprudente, convicto, ainda por cima, de que tudo no pôquer dependia da sorte e de que a sorte termina por sorrir. Começou a fumar cigarrilhas, que não lhe serviram de nada, como de nada serviram os óculos escuros que agora ele usava de dia e de noite. Perdia dinheiro em grande estilo, levando a elegância ao ponto de oferecer uma rodada a seus algozes. Um dia, sem nenhum anúncio prévio, a esposa, os filhos e a velha sumiram. Quando Marie-Angèle ficou sabendo, foi vê-lo para oferecer algum consolo e deu com ele no bar, num estado de exaltação extraordinário. Ele confirmou que a mulher partira, levando toda a mobília. Dormia agora num colchão que, com muito esforço, ela concordara em deixar. Marie-Angèle estava a ponto de pronunciar algumas palavras de praxe quando ele declarou que aquilo era a melhor coisa que já lhe acontecera, por fim estava livre de uma megera e de três moleques tão idiotas quanto ingratos, sem falar da velha, que, antes de se afundar em senilidade e incontinência, lançara mão de tesouros de perversidade a fim de lhe estragar a vida, pois era de uma maldade inimaginável, a velha era tão má que devia desfrutar secretamente de uma invalidez que lhe propiciava a garantia de poder atarantar todo mundo até o fim de seus dias, sem que ninguém pudesse censurá-la por isso, e Gratas tinha certeza de que ela morreria centenária, aquela carne velha era rija feito couro, fazia anos que ele sonhava com um acidente doméstico ou com uma eutanásia, sem dar um pio, suportando estoicamente uma vida que não desejava ao pior inimigo, mas agora estava tudo acabado, chegara a hora de viver, ele não tinha nenhuma intenção de se privar disso, agora que podia expressar sua personalidade profunda, aquela que tivera de manter escondida no fundo de si mesmo, por cansaço, por desânimo, por covardia, sem mais submissão, ele sentia que estava para renascer e dizia a Marie-Angèle que tudo acontecera graças a ela, que agora se sentia em casa, cercado de amigos queridos, a mulher que morresse, já não lhe dizia respeito, ele ganhara, ganhara a duras penas o direito de ser egoísta e nunca, não, nunca fora tão feliz, pois agora sim era feliz, não parava de repetir, com uma sinceridade gritante e quase patológica, repousando sobre Marie-Angèle um olhar tão tomado de gratidão que ela temeu que ele se precipitasse para abraçá-la, coisa que ele manifestamente lutava para não fazer, contentando-se em dizer obrigado, sem poder confessar que lhe era grato sobretudo por ter engendrado Virginie, com quem mantinha havia semanas a relação que enfim fizera dele um homem feliz. E nunca a felicidade foi mais ostentatória. Bernard Gratas ria sem parar, bem alto, por qualquer razão, esbanjava energia, multiplicando as idas e vindas entre o balcão e o salão, sem jamais dar a menor mostra de cansaço ou ebriedade, por mais que tivesse começado a beber feito um ralo, cobria os clientes com demonstrações de afeto completamente descabidas e perdia dinheiro com deleite visível, o espetáculo de sua euforia tinha algo de muito constrangedor, como se não pudesse ser outra coisa senão o sintoma de alguma doença mental abjeta, quem sabe contagiosa, e quanto mais Bernard Gratas se mostrava solícito e amistoso, mais as pessoas tomavam distância, com nojo, sem que ele parecesse notar, determinado como estava a viver num mundo sob o império exclusivo da ilusão. Mas, talvez para nossa desgraça, o reino da ilusão jamais chega a ser perfeito, e mesmo um homem como Bernard Gratas devia sentir confusamente que nada daquilo era real, que tudo vacilava sob o peso de uma certeza que ele não tinha nem como destruir nem como formular, mas apenas como evitar, encenando a própria felicidade com uma obstinação grotesca e desesperada, e só compreendeu por que acordava no meio da noite com o coração batendo mais forte de angústia no dia de junho em que convidou Virginie a vir morar com ele, e ela deu de ombros, cheia de desdém, disse que devia ter perdido o juízo, que não queria mais vê-lo, foi se sentar lá fora, ao sol, e pediu alguma coisa refrescante, que ele serviu sem dizer palavra. Tudo o que Gratas lutara para evitar acabava de alcançá-lo e golpeá-lo. Virginie olhou-o com ar irritado

— Não faça essa cara. Deixe de ser ridículo.

Ele continuou trabalhando normalmente por mais alguns dias, como que sustentado por uma absurda força de inércia, e num começo de noite, quando o bar estava cheio de clientes, ele rompeu em lágrimas e fez alarde de sua miséria como antes fizera da felicidade, com a mesma candura impudica, evocando em voz alta, entre um soluço e outro, a perfeição do corpo nu de Virginie, a impassibilidade impenetrável de seu olhar de rainha entediada enquanto ele ia e vinha dentro dela, com todas as forças, sem jamais chegar a lhe arrancar um suspiro que fosse, como se ela não fosse mais que testemunha de uma cena que acompanhava com extrema atenção, mas que só lhe dizia respeito muito vagamente, e ele recordava aos prantos que, quanto mais fervor punha em amá-la, mais o olhar de Virginie se tornava fixo e duro entre os longos cílios que nenhum frêmito agitava, e ele se sentia ao mesmo tempo humilhado e fascinado por esse olhar que o transformava em animal de laboratório, sem que sua excitação fraquejasse, muito ao contrário, dizia ele, fungando ruidosamente, ficava ainda mais excitado, e os primeiros murmúrios de desaprovação começaram a se fazer ouvir no bar, alguém mandou que se controlasse, que calasse a boca, mas ele não tinha como se calar, tornara-se inacessível à vergonha, o rosto brilhava de lágrimas e de muco, dava detalhes precisos, repugnantes, contava como Virginie, sem deixar de olhá-lo, apoiava a palma da mão em suas costas e deslizava o dedo médio em riste ao longo da coluna vertebral, fitando-o agora com uma espécie de desprezo doloroso que, a cada vez, ele reconhecia aterrorizado, sabendo que seria impossível deixar de gozar, e, enquanto a plateia pasma seguia o périplo daquele dedo indecente, cujo destino inexorável logo se adivinhava, e já se resignava a suportar a descrição minuciosa de um orgasmo de Bernard Gratas, Vincent Leandri avançou, deu-lhe um par de bofetões e o arrastou para fora, puxando-o pelo braço. Bernard Gratas estava agora de joelhos no asfalto e não chorava mais. Olhou para Vincent.

— Eu perdi tudo. Fodi com a minha vida.

Vincent não respondeu. Tentava mobilizar todas as suas faculdades de compaixão, mas ainda sentia gana de lhe dar uma surra. Estendeu um lenço para Gratas.

— Você, você também ia para a cama com ela. Eu sei. Como ela faz uma coisa dessa?

Vincent agachou-se ao lado dele.

— Se achou que era o único homem de Virginie, você é mesmo uma besta completa. Pare de encher o saco de todo mundo com essa história. Comporte-se.

Bernard Gratas balançou a cabeça.

— Eu fodi com a minha vida.

Libero terminara por encontrar suas próprias razões de detestar Paris, sem ter que dever nada a Matthieu. E assim, toda noite e toda manhã, num vagão lotado da linha 4, os dois comungavam lado a lado de uma amargura sem remédio, que entretanto não tinha o mesmo sentido para cada um. No início, Libero achava que acabara de ser introduzido ao coração pulsante do saber, como um iniciado que acaba de triunfar em provas incompreensíveis para o comum dos mortais, e não podia adentrar o grande salão da Sorbonne sem se sentir tomado pelo orgulho temeroso que assinala a presença dos deuses. Vinham com ele a mãe iletrada, os irmãos roceiros e pastores, todos os ancestrais, prisioneiros da noite pagã da Barbaggia, que estremeciam de alegria no fundo da cova. Libero acreditava na eternidade das coisas eternas, em sua nobreza inalterável, inscrita no frontão de um céu alto e puro. E deixou de acreditar em tudo. O professor de ética era um jovem recém-saído da École Normale Supérieure, tremendamente prolixo e simpático, que tratava os textos com uma desenvoltura brilhante, às raias da náusea, e assestava a seus estudantes considerações definitivas sobre o mal absoluto que um padre de aldeia não teria desautorizado, temperadas com um número considerável de referências e citações que não chegavam nem a tapar o vazio conceitual nem a dissimular a absoluta trivialidade. E, para piorar, esses excessos de moralismo serviam a uma ambição perfeitamente cínica, uma vez que era absolutamente óbvio que a universidade não era mais que uma etapa necessária, mas insignificante, num caminho que deveria levá-lo à consagração nos programas de televisão em que aviltaria publicamente, na companhia de seus semelhantes, o nome da filosofia, sob o olhar enternecido de jornalistas incultos e extasiados, pois agora Libero já não tinha mais dúvida, o jornalismo e o comércio faziam-se passar por fóruns do pensamento, e ele se sentia como um homem que, mediante esforços inauditos, acaba de fazer fortuna numa moeda que já não tem curso. É bem verdade que a atitude do normalista não era representativa do comportamento dos outros docentes, que desempenhavam suas funções com uma probidade austera que lhes valia o respeito de Libero. Votava uma admiração sem limites ao doutorando que, toda quinta-feira, das seis às oito da noite, usando calças de veludo cotelê bege e um paletó verde-garrafa com botões dourados que parecia ter saído de um armazém da Stasi, traduzia e comentava, imperturbável, o livro gama da *Metafísica* diante de um magro público de helenistas obstinados e atentos. Mas o ambiente de devoção que reinava na sala poeirenta da escadaria C a que tinham sido relegados não tinha como dissimular o tamanho da derrota, eram todos uns vencidos, seres desadaptados e logo incompreensíveis, sobreviventes de um apocalipse insidioso que dizimara seus semelhantes e derrubara os templos das divindades que adoravam e cuja luz outrora brilhara por todo o mundo. Por muito tempo, Libero quis bem a seus camaradas de infortúnio. Eram homens dignos de louvor. A derrota comum era seu título de glória. Devia haver meio de seguir adiante como se nada tivesse acontecido e continuar a levar uma vida resolutamente intempestiva, toda ela consagrada à veneração de relíquias profanadas. Libero continuava a acreditar que sua dignidade estava inscrita no frontão de um céu alto e puro, e pouco importava que ninguém conhecesse sua existência. Era preciso dar as costas às questões morais e políticas, gangrenadas pelo veneno da atualidade, e refugiar-se nos desertos áridos da metafísica, na companhia de autores que jamais, um dia, viriam a atrair a mácula do interesse jornalístico. Decidiu escrever a dissertação de mestrado sobre Santo Agostinho. Matthieu, cuja amizade inalterável muitas vezes assumia a forma de uma aprovação servil, decidiu-se por Leibniz e se perdeu sem convicção nos labirintos vertiginosos do entendimento divino, à sombra da inconcebível pirâmide dos mundos possíveis em que sua própria mão, multiplicada ao infinito, tocava enfim o rosto de Judith. Libero lia os quatro sermões sobre a queda de Roma com a sensação de cumprir um ato de alta resistência, lia *A cidade de Deus*, mas, à medida que os dias iam ficando mais curtos, suas últimas esperanças se diluíram na bruma chuvosa que pesava sobre as calçadas úmidas. Tudo era triste e sujo, nada estava inscrito no céu senão promessas de tempestade ou chuva fina, e os resistentes afinal eram tão odiosos quanto os vencedores, não eram patifes, mas eram risíveis ou fracassados, a começar por ele, todos treinados para produzir dissertações e comentários tão inúteis como irrepreensíveis, pois o mundo talvez precisasse ainda de Santo Agostinho ou de Leibniz, mas certamente não tinha o que fazer com seus miseráveis exegetas, e Libero vivia agora tomado de desprezo por si mesmo, por todos os professores, tanto os escribas como os filisteus, sem distinção, e por todos os colegas, a começar por Judith Haller, e criticava Matthieu por continuar a vê-la, ela que oscilava o tempo todo entre a burrice e o pedantismo, e nada escapava a suas efusões de desprezo, nem mesmo Santo Agostinho, que ele já não suportava mais, agora que tinha certeza de entendê-lo melhor do que nunca. Já não via nele mais que um bárbaro inculto que se comprazia com o fim do Império, o qual marcaria o advento do reino dos medíocres e dos escravos triunfantes a que ele mesmo pertencia, seus sermões transpiravam um deleite revanchista e perverso, o mundo antigo dos deuses e dos poetas desfazia-se sob seus olhos, submerso pelo cristianismo, com sua coorte repugnante de ascetas e mártires, e Santo Agostinho dissimulava o júbilo sob tons hipócritas de sabedoria e de compaixão, como é de praxe entre os padres. Libero concluiu a dissertação como pôde, num tal estado de esgotamento moral que a mera ideia de seguir adiante com os estudos tornara-se impraticável. Quando soube que Bernard Gratas concluíra com brio o processo de degradação, percebeu que se abria uma oportunidade única e disse a Matthieu que os dois deviam de qualquer jeito assumir o bar. Matthieu mostrou-se evidentemente entusiasmado. Quando chegaram ao lugarejo, no começo do verão, Bernard Gratas acabara de anunciar a Marie-Angèle que, em razão de perdas imerecidas e reiteradas no pôquer, seria impossível pagar o aluguel, e os novos bofetões que levou de Vincent Leandri não serviram para nada. Marie-Angèle recebeu a notícia com fatalismo. Tendo abandonado toda esperança de melhorar a situação, ela chegou ao ponto de contemplar a possibilidade não de assumir o bar ela mesma, mas de deixar a gerência nas mãos do próprio Gratas até o mês de setembro, para que ele pudesse pagar ao menos uma parte do que lhe devia. Libero e Matthieu foram vê-la para oferecer seus serviços. Ela reconheceu de bom grado que os dois dificilmente se sairiam pior que os predecessores. Mas onde arranjariam dinheiro? Ela confiava neles, conhecia-os desde a infância e sabia que não tinham intenção de trapaceá-la, mas precisava ganhar a vida e tinha que receber adiantado, não havia outro jeito. Libero conseguiu reunir dois mil euros, argumentando em prol da causa junto aos irmãos e irmãs. Matthieu revelou o projeto numa noite de julho, à mesa com a família. Claudie e Jacques depuseram os talheres. O avô continuou tomando a sopa, meticulosamente.

— Você acha mesmo que nós vamos dar dinheiro para você largar os estudos e virar dono de bar? Acha?

Matthieu tentou argumentar, expondo argumentos que julgava irrefutáveis, mas a mãe lhe cortou brutalmente a palavra.

— Cale a boca.

Estava lívida de cólera.

— Saia da mesa agora mesmo. Não quero nem ver você.

Sentia-se humilhado, mas obedeceu sem dizer nada. Telefonou à irmã para angariar apoio, mas não conseguiu nem que o escutasse. Aurélie explodiu numa gargalhada.

— Mas isso não tem pé nem cabeça! Você achava mesmo que a mamãe daria pulos de alegria?

Ele tentou se defender mais uma vez, mas ela já nem ouvia.

— Veja lá se cresce. Isso já está ficando cansativo.

Matthieu foi atrás de Libero para dar a má notícia, e os dois se embebedaram tristemente. Quando Matthieu despertou, perto de meio-dia, com uma dor de cabeça que se devia tanto ao desespero como ao álcool, o avô estava sentado ao lado da cama. Matthieu ergueu-se a duras penas. Marcel observava-o com uma benevolência nada costumeira.

— Então você quer morar por aqui e tocar o bar, meu filho?

Matthieu fez que sim, com um vago meneio da cabeça.

— Então veja bem o que eu vou fazer. Vou pagar o aluguel do bar este ano e vou pagar de novo no ano que vem. Depois, mais nada, nada mesmo, nem mais um centavo. Dois anos são tempo suficiente para você provar que é capaz, meu filho.

Matthieu pulou para abraçá-lo. A semana seguinte foi apocalíptica. Claudie armou uma cena terrível com Marcel. Acusou-o de perversidade, de sabotagem, de premeditação e circunstâncias agravantes, só ajudava o neto porque o odiava, porque queria estragar a vida dele, só pelo prazer de provar que não se enganara a respeito do menino, e a outra besta estava feliz da vida, não entendia nada, saltava para o abismo cheio de entusiasmo, como bom imbecil que era, e por mais que Marcel protestasse sua boa-fé, Claudie mandava-o para o inferno, gritava que ele pagaria por aquela infâmia, de um jeito ou de outro, ele e Marie-Angèle, em cuja casa ela entrou sem aviso para dar um escândalo, perguntando se corrompia os filhos dos outros para se consolar de ter engendrado uma puta, mas não houve jeito, Claudie terminou por se acalmar, e, no meio de julho, Matthieu e Libero tomaram posse do bar, depois de fazer o gesto magnânimo de contratar Gratas para lavar a louça. Libero foi para trás do balcão. Contemplava o alinhamento colorido das garrafas, as pias, a caixa registradora e sentia-se no lugar certo. Aquela moeda, sim, tinha curso. Todo mundo compreendia o seu sentido e punha fé nele. Nisso residia o seu valor, e não havia como lhe opor outro valor quimérico qualquer, na terra como no céu. Libero não tinha mais gana de resistir. E enquanto Matthieu realizava seu sonho imemorial, enquanto Matthieu devastava com alegria selvagem as terras de seu passado, entregue às chamas, apagando no ato todas as mensagens de apoio e de saudade que Judith lhe enviava obstinadamente, boa sorte, quando nos vemos?, não me esqueça, como se agora pudesse expulsá-la de seu sonho, Libero já não sonhava havia bom tempo. Reconhecia a derrota e dava seu consentimento, um consentimento dolorido, total, desesperado, à estupidez do mundo.

“Tu, vê o que és. Pois o fogo necessariamente virá”

Mas as montanhas dissimulam o mar aberto e se erguem com toda sua massa inerte contra Marcel e seus sonhos incansáveis. Do pátio do ginásio de Sartène, ele só distingue a ponta do golfo que avança pela terra, e o mar não parece mais que um grande lago, pacífico e derrisório. Mas ele não precisa ver o mar para sonhar, os sonhos de Marcel não se nutrem de contemplação nem de metáfora, mas de luta, luta incessante contra a inércia das coisas, todas parecidas entre si, como se, sob a aparente diversidade de formas, fossem feitas da mesma substância pesada, viscosa e maleável, até mesmo a água dos rios é turva, o vaivém das ondas traz um nauseabundo perfume de pântano às praias desertas, é preciso lutar para não cair na inércia, para não ser lentamente engolido pelas areias movediças, e Marcel conduz uma luta incessante contra as forças desencadeadas de seu próprio corpo, contra o demônio que teima em prostrá-lo na cama, a boca cheia de aftas, a língua corroída pelo fluxo dos sucos ácidos, como se uma pua tivesse cavado um poço de carne viva em seu peito e em seu ventre, ele luta contra o desespero de estar sempre prostrado no fundo de uma cama úmida de suor e de sangue, contra o tempo perdido, luta contra o olhar cansado da mãe, contra o silêncio resignado do pai, enquanto espera recuperar, junto com as forças, o direito de estar ali, no pátio do ginásio de Sartène, com a visão obstruída pela barricada das montanhas. É o primeiro de seus irmãos e irmãs a fazer estudos além da escola primária, e nem os demônios de seu corpo nem a inércia das coisas hão de impedi-lo de seguir até a escola normal e mesmo além, ele não quer ser professor, não quer dar aulas inúteis para crianças pobres e sujas, cujo olhar temeroso afinal o devolveria à confusão de sua própria infância, não quer deixar seu lugarejo para ir enterrar-se em outro lugarejo exasperante de tão parecido, aferrado como um tumor ao solo de uma ilha em que nada muda, pois, na verdade, nada muda nem jamais mudará. Jean-Baptiste manda dinheiro da Indochina e comprou para os pais uma casa grande o bastante para que todos os membros da família possam se reunir no verão sem ter de dormir apertados uns contra os outros, feito animais num estábulo, Marcel tem seu próprio quarto, mas as peles mortas continuam grudadas aos lábios secos do pai, e a testa da mãe continua sulcada pela ruga profunda e retilínea do pesar, eles não parecem nem mais jovens nem mais velhos do que quinze anos antes, logo depois do fim do mundo, e, quando contempla sua própria silhueta no espelho, Marcel tem a sensação de que nasceu assim, vacilante e magro, e de que a infância o marcou com um selo cruel do qual nada poderá libertá-lo. Nas fotos que lhes fazia chegar, Jean-Baptiste ia mudando, pois vivia numa parte do mundo em que o tempo ainda deixava sinais tangíveis de sua passagem, o irmão engordava a olhos vistos para depois emagrecer do mesmo jeito brusco, como se seu corpo fosse revirado o tempo todo pelo fluxo anárquico e poderoso da própria vida, ele aparecia nas fotos em posição de sentido, ora com o uniforme e os cabelos num alinhamento impecável, ora meio desarranjado, o quepe caído para trás, diante de plantas desconhecidas, na companhia de outros militares e de moças vestidas de seda, seu rosto ora deformado pela gordura e pela presunção, ora marcado pelo cansaço, a devassidão, a febre, mas sempre com a mesma expressão zombeteira e satisfeita, Jean-Baptiste dava-se ares de baronete, e Marcel já não lhe tinha admiração, e sim inveja por gozar tão ostensivamente de um tesouro que não merecia. Tudo o que via do irmão tornava-se insuportável para Marcel, o gosto declarado pelas putas, o físico imponente, a magreza e a gordura, a atitude insolente, até mesmo a generosidade, pois aquele dinheiro todo não podia ser fruto de economias do salário de sargento, certamente provinha de negócios abomináveis, de corrupção, de ópio ou de carne humana. Quando Jean-Baptiste voltou ao lugarejo para o casamento de Jeanne-Marie, sua corpulência era exatamente a mesma do dia da partida, e uma expressão juvenil seguia iluminando o rosto do homem que ele se tornara do outro lado do mundo, naquelas paragens inimagináveis em que a espuma do mar era translúcida e brilhava sob o sol como um feixe de diamantes, vinha com a mulher e os filhos, a âncora dourada das tropas coloniais ornava as mangas do uniforme e do quepe, mas a influência tóxica da terra natal transformava-o de novo no que jamais deixara de ser, um camponês inculto e desajeitado que o destino lançara num mundo que ele não merecia, e nem as caixas de champanhe que havia encomendado para o casamento da jovem irmã nem o projeto grotesco de abrir um hotel em Saigon assim que desse baixa poderiam mudar o que quer que fosse. Eram todos uns camponeses miseráveis, nascidos num mundo que havia tempos deixara de existir e que se colava à sola de seus sapatos feito lama, feito aquela substância viscosa e maleável de que eles mesmos eram feitos e que levariam consigo aonde fossem, a Marselha como a Saigon, e Marcel sabe que ele é o único que poderá escapar de verdade. Os bolinhos fritos estavam secos demais, recobertos de uma película de açúcar endurecido, o champanhe morno e insípido deixava um gosto de cinzas na garganta, e os homens transpiravam sob o sol de verão, mas Jeanne-Marie brilhava com uma alegria tímida, e o véu de cetim e renda branca que sublinhava seu rosto oval conferia-lhe a graça de uma antiga Virgem da Judeia. Ela dançava, agarrada com todas as forças aos ombros do marido, que sorria com ar grave, como se soubesse que não sobreviveria à nova guerra que já espreitava a todos ali. Pois, para lá da barricada das montanhas, para além do mar, há um mundo em ebulição, e é lá, longe deles, sem eles, que se decidem mais uma vez sua vida e seu destino, e é assim que sempre foi. Mas os rumores desse mundo perdem-se no mar, antes de alcançá-los, e os ecos que chegam a Marcel são tão distantes e confusos que ele não chega a levá-los a sério e dá de ombros com desdém quando o amigo Sébastien Colonna, em pleno pátio do ginásio de Sartène, tenta compartilhar seu entusiasmo por Mauras e lhe fala da aurora dos novos tempos, do renascimento da pátria que os judeus e os bolcheviques arruinaram, e Marcel responde: Mas que conversa é essa? Você nunca viu um judeu ou bolchevique na vida!, dando de ombros com desdém porque não acredita que alguém possa mesmo se exaltar assim em nome da irrealidade enevoada de abstrações desse feitio. O que faz o coração de Marcel bater mais forte é a ideia concreta e deliciosa do serviço militar que se aproxima, com os estudos que fez, ele pode chegar a oficial, já imagina a barra dourada de seu galão de aspirante, e quando, durante as bodas, Jean-Baptiste, a boca cheia de bolinhos, brincou de bater continência para ele com uma solenidade cômica, antes de lhe assanhar os cabelos às gargalhadas, Marcel não pôde deixar de sentir uma alegria indizível, que nem mesmo a declaração de guerra chegou a embaçar. Jeanne-Marie veio instalar-se no lugarejo com a mulher e os filhos de Jean-Baptiste. As duas esperavam as cartas cotidianas da linha Maginot, que falavam de tédio, de frustração e de vitória, o jovem esposo de Jeanne-Marie escrevia que sentia saudade dela, que as noites eram cada vez mais frias e que ele pensava no calor da pele da mulher quando tocava a sua própria, queria que os alemães atacassem logo para que pudesse derrotá-los e voltar para perto dela e escrevia que nunca mais ficaria longe, jurava que não, tão logo tudo aquilo não fosse mais que uma lembrança distante e gloriosa, nunca mais ficaria longe. O tempo passava, e ele escrevia coisas que jamais teria ousado dizer diante da esposa, nem murmurando, falava da cintura, das coxas, dos seios de uma palidez que lhe dava vontade de morrer, e falava ainda da vitória próxima, como se a glória do corpo da mulher devesse afinal se confundir com a glória do país que ele defendia, a cada dia ele se exaltava mais, preciso e marcial, e Jeanne-Marie embriagava-se com as cartas e rogava a Deus que o trouxesse logo de volta, sem receio de não ser atendida em suas preces. Em março de 1940, depois de dizer ao médico militar que jamais tivera o menor problema de saúde, Marcel deixa enfim a irmã, o lugarejo e os pais para incorporar-se a um pelotão de cadetes num regimento de artilharia em Draguignan. Do outro lado do mar, o demônio da úlcera parece paralisado, privado de sua capacidade de causar dano, e pela primeira vez na vida Marcel goza de uma vitalidade que não suspeitava existir, comporta-se como o bom aluno que sempre foi e continua surdo a todo o resto, não ouve o rugir dos blindados, as árvores quebradas nas florestas das Ardenas, os clamores do êxodo e as lágrimas da humilhação, todos os sonhos de vitória varridos por um vento de derrota, não ouve a voz de Philippe Pétain que fala de honra e de armistício, e então, quando chegam ao lugarejo a primeira carta que Jean-Baptiste escreve do campo de prisioneiros e o telegrama que informa a Jeanne-Marie que é viúva aos vinte e cinco anos, então Marcel finalmente ouve, sem conseguir acreditar, o comandante do pelotão que anuncia a seus homens que jamais serão oficiais e que serão destinados às organizações da juventude, compreende que não será mais que um escoteiro a cantar a glória do marechal e uma chama ácida lhe rasga o ventre e o peito e o derruba em meio aos camaradas, na frente do comandante que o vê vomitar sangue pelo chão. Ao sair do hospital, depois de dar baixa do exército, vai viver em Marselha com uma das irmãs mais velhas e passa dias inteiros estendido na cama, embalado pelo ressentimento e pela náusea, sem se decidir a voltar ao lugarejo e reencontrar o abraço imutável da angústia e do pesar, e assim vai adiando a partida, agarrando-se desesperadamente à cidade imensa e suja, como se ela pudesse trazer a salvação. É bem verdade que a existência contraiu uma dívida imensa com ele, uma dívida que só poderá pagar se ele ficar ali, pois ele sabe que, tão logo ponha um pé no solo natal, todas as contas serão quitadas, todos os insultos, os preconceitos, as compensações, e a vida já não lhe deverá mais nada. Espera que alguma coisa se produza, palmilha as ruas dessa cidade de imensidão e sujeira pavorosas, olha inquieto para o porto, tentando resistir às seduções venenosas da nostalgia, e tapa as orelhas com medo de ouvir, do outro lado do mar, a doçura das vozes amadas que o convidam a voltar ao limbo de onde saiu. Sébastien Colonna juntou-se a ele, e todos os dias desembarcam em Marselha dezenas de compatriotas em busca de trabalho. Por recomendação de um tio de Sébastien, Marcel conseguiu emprego na Société Génerale. Mas as semanas se sucediam, e as dívidas continuavam sem quitação. Era então assim que a vida pagava suas dívidas?, era então assim que ela o consolava por não vir a ser oficial, forçando-o a afundar-se em livros-caixa que o sufocavam de tédio, não consentindo que ele escape senão para escutar Sébastien que o gratifica com discursos intermináveis sobre os méritos da revolução nacional, gaba a sabedoria de Deus, que ajudava os homens a aprender uma lição edificante e salutar, e louva o sacrifício e a resignação, pois a França precisava de um tratamento brutal para purgar o veneno que a gangrenava — era então assim? A vida, ao contrário, não o perseguia com desprezo reiterado mesmo nos braços da puta que Marcel decidiu abordar para satisfazer ao mesmo tempo o desejo de saber e de consolo? A mulher tinha olhos negros, compassivos, brilhando com uma doçura falsa que se dissipou tão logo ficou sozinha com ele, e então nenhum brilho mais iluminou o olhar que ela pousou sobre ele enquanto Marcel procedia à higiene íntima num bidê cinzento e rachado, ela o olhava sem piedade, e ele tremia de vergonha, pressentindo a amargura do que estava a ponto de aprender e já não esperando nenhum consolo. Seguiu-a entre lençóis que cheiravam a mofo e teve de suportar que ela lhe infligisse até o final a afronta de sua impassibilidade. Sentia o calor no lugar em que seus ventres se tocavam e se misturavam como cloacas de répteis, sentia a umidade dos seios espremidos contra seu peito, das pernas junto às suas, imagens intoleráveis nasciam no espírito de Marcel, ele era um animal, um grande pássaro voraz e fremente que se afundava até o pescoço nas entranhas de uma carniça, pois a mulher conservava a impassibilidade obscena de uma carniça, os olhos mortos voltados para o teto, e onde se tocavam, em cada ponto de contato, suas peles trocavam fluidos, linfa transparente, humores íntimos, como se o seu corpo devesse conservar para sempre, numa horrenda metamorfose, um traço do corpo daquela mulher que nunca mais reveria e cujo nome não sabia, e ele se levantou bruscamente para vestir-se e sair. Chegou à rua ofegante, sangue alheio corria em suas veias, o suor que lhe pingava sobre as pálpebras já não tinha o mesmo cheiro de antes, e Marcel cuspia no chão porque não reconhecia o gosto da própria saliva. Durante semanas, escrutou o corpo com angústia, o menor botão, a menor mancha, sentia-se condenado ao eczema, às micoses, à sífilis, à blenorragia, mas, fosse qual fosse o nome da doença que o espreitava, ela não seria mais que a forma superficial sob a qual se manifestaria a presença irremediável do mal que se apossara dele, e Marcel estorvou os médicos por semanas, até que o exército alemão invadiu a zona livre e o forçou a fugir, ele também. Sébastien Colonna estava horrorizado, fustigava a inconsequência dos aliados, a astúcia de Hitler, que não respeitava a palavra dada, mas sua confiança na autoridade paterna do marechal estava visivelmente abalada, tinha medo de que o mandassem trabalhar à força numa fábrica alemã e dizia a Marcel temos que ir embora daqui, temos que ir agora mesmo. Mas os navios já não deixavam o porto. Sébastien ficou sabendo pelo tio que um vapor devia zarpar de Toulon para Bastia dali a alguns dias. Marcel e ele partiram de ônibus. Viram colunas de fumaça negra que se erguiam sobre o mar, não restava da armada francesa posta a pique mais que um enorme monturo de destroços e de aço obstruindo a baía, os caças-bombardeiros alemães mergulhavam sibilantes sobre os raros navios que tentavam escapar, esgueirando-se entre as minas e as redes metálicas, e Sébastien começou a chorar. Quando a urgência da própria situação pareceu ao menos tão digna de interesse quanto a honra da marinha de guerra, ele explicou a Marcel que tinham que passar sem demora para a zona italiana, se queriam conservar alguma chance de voltar para casa. Marcel respondeu que não tinha mais dinheiro para continuar a viagem e que voltaria para a casa da irmã em Marselha, mas Sébastian não aceitou, de jeito nenhum, ele ainda tinha dinheiro e não o abandonaria, e Marcel compreendeu assim que a amizade é um mistério. Conseguiram chegar a Nice e estavam de volta ao lugarejo uma semana depois. O luto de Jeanne-Marie invadiu a casa e flutua como um nevoeiro que nada virá dissipar. Tudo se esbate sob um véu de silêncio tão pesado que Marcel às vezes desperta em sobressalto, com saudade do sibilar das bombas na baía de Toulon. Levanta-se para beber alguma coisa e encontra o pai em pé na cozinha, perfeitamente imóvel, os olhos fixos, e Marcel pergunta: Papai, o que o senhor está fazendo aqui?, sem obter resposta além de um balançar de cabeça que o devolve à eternidade do silêncio, ele olha aterrorizado para o pai em pé, com a camisa de lã áspera, as pálpebras de cílios queimados, os lábios esbranquiçados e, apesar do pânico que o invade, não consegue desviar o olhar, junta forças, passa rente ao pai, pega a bilha para se servir de água e volta para a cama, jurando para si mesmo que não vai se levantar nas noites seguintes, mesmo que a sede o torture, pois sabe que reencontraria o pai em pé no mesmo lugar, fora do mundo, congelado num estupor doloroso a que nem mesmo a morte poderá pôr fim. Marcel gostaria de se extirpar dessa ganga de silêncio, escuta o vento da revolta que sopra ao redor e espera as borrascas sanguinolentas que arrancarão as portas e as janelas da casa para deixar entrar o ar puro. Sébastien Colonna conta histórias de paraquedas, atentados a granada, conta que, em Alta Rocca, dois primos da família Andreani massacraram um italiano antes de se meterem no mato e condena esses atos absurdos e criminosos, sem se dar conta de que Marcel não partilha da sua reprovação, de que o outro já se imagina de armas em punho contra o invasor. No começo do mês de fevereiro, um desconhecido começou a matar soldados italianos isolados, todas as semanas, com regularidade implacável. Os cadáveres jaziam estirados na lama, ao lado de uma motocicleta caída no chão, no meio de estradas escarpadas num raio de alguns quilômetros do lugarejo. Tinham sido abatidos com chumbo grosso e às vezes com uma facada na garganta, sangrados feito porcos, alguns tinham sido despidos pela metade e todos, coisa terrível, tinham perdido as botas. Essas botas não eram jamais reencontradas, e era esse detalhe, de resto anódino, que inspirava respeito e terror, como se o assassino se entregasse a um ritual tão mais apavorante quanto incompreensível, e murmurava-se que os guerrilheiros não tinham nada a ver com aquilo, que era obra de um misterioso *partisan*, mensageiro incansável da morte, impiedoso e solitário como o Arcanjo do Senhor dos exércitos. No lugarejo, à exceção de Sébastien Colonna, cujo desprezo pelos italianos era largamente contrabalançado pela admiração por Mussolini e por sua submissão visceral e apaixonada à autoridade, todos os rapazes queriam entrar para a Resistência e converter-se em matadores temíveis e guerreiros a serviço da justiça. A inação era intolerável agora. Reuniam-se para discutir o que podiam fazer, planejavam matar os traidores e os colaboracionistas, o nome de Sébastien chegou a ser mencionado, mas Marcel argumentou ardoroso em seu favor e lembrou que ele jamais fizera mal a ninguém. Acabaram por conseguir um encontro noturno nas montanhas com um grupo de combate e saíram do lugarejo à uma da manhã, caminhando juntos na noite fria, levados pelo entusiasmo de sua juventude guerreira, mas, assim que passaram da escola, ouviram o ressoar de passos cadenciados que avançavam em sua direção, algumas dezenas de metros acima, e voltaram correndo para o lugarejo e entraram em casa para espreitar a passagem da patrulha italiana que nunca chegaram a ver, pois tinham fugido do eco dos próprios passos, devolvido pelo silêncio gélido da noite. A vergonha era devastadora. Cuidavam de evitar-se para não ter de encarar a desonra comum. Na primavera, o matador misterioso deixou de ser assunto, e ninguém soube se havia morrido ou se havia voltado a sua morada celeste para esperar o Apocalipse. O mistério só foi resolvido no levante de setembro, que se resumiu para Marcel a algumas idas e vindas pelas ruas do lugarejo com um fuzil inútil à mão. Ange-Marie Ordioni desceu do curral nos altos da floresta de Vaddi Mali, onde levava com a mulher uma vida selvagem de caçador neolítico. Usava coturnos italianos e um casaco militar do qual descosturara as insígnias e os galões. Em pleno inverno, seu único par de sapatos começara a se estropiar, ele não conseguira remendá-los e não tinha dinheiro para comprar novos. Parecera-lhe natural providenciá-los com o ocupante, mas precisara de tempo até encontrar um par do seu tamanho, pois, apesar da estatura de homem das cavernas, tinha os pés ridiculamente pequenos. Um representante da Frente Nacional gritou que ele era um imbecil e um inconsequente e que deviam fuzilá-lo ali, no ato, mas Ange-Marie olhou-o com frieza e disse que ele faria melhor se calasse a boca. Nas montanhas, é preciso ter boas botas. As forças francesas chegaram ao lugarejo, os soldados marroquinos riam e bebiam, cantando em árabe pelas ruas, Marcel ficava pasmo com seu crânio raspado, a longa mecha de cabelos trançados pendendo sobre a nuca, a curvatura sarracena dos punhais, e Sébastien dizia: Veja só a cara dos nossos libertadores, uns mouros e negros, é sempre a mesma coisa, primeiro os bárbaros oferecem os serviços ao Império, depois precipitam a queda e a destruição, não vai sobrar nada da gente. Algumas semanas mais tarde, os dois vomitavam lado a lado, a bordo do *liberty ship* que os levava para Argel em meio a tempestades. Os vagalhões de água espessa feito lama lavavam-nos de suas máculas e os congelavam até os ossos. Na caserna de Maison-Carrée, um suboficial sentado diante de uma pequena escrivaninha, o nariz enfiado num livro de registro qualquer, comunicou as respectivas destinações com ar de descaso, e nada indicava que era ali, diante daquela escrivaninha, que se decidiam os indultos e as sentenças de morte, pois ali era o lugar solene em que se separavam os caminhos, era ali que se separavam os cordeiros e os bodes expiatórios, uns à esquerda, outros à direita, mas ninguém pediu que escolhessem entre a glória de uma morte em combate e uma vida de insignificância, e no momento mesmo em que ficou sabendo o nome de seu regimento de infantaria, Sébastien Colonna já seguia o percurso inelutável rumo às balas de metralhadora que o esperavam desde sempre em Monte Cassino. Marcel abraçou-o maquinalmente, sem saber que, do amigo, só voltaria a ver o nome, gravado por mãos desconhecidas em letras douradas no monumento aos mortos, como se o mármore fosse menos perecível que a carne, e subiu no trem para Túnis. Ao chegar, ficou sabendo que o mandavam para Casablanca, com toda a sua bateria, para instrução no manejo das baterias antiaéreas de fabricação americana, e desistiu de compreender a lógica dos deslocamentos militares. O trem partiu de novo para oeste, bordejando o mar numa longa viagem de três semanas. Marcel acomodava-se com os camaradas em vagões de carga, no piso coberto com uma palha morna, sobre a qual passou a maior parte do tempo dormitando, só se arrancando do torpor para jogar cartas ou para ver desfilar tristemente as campinas e as cidades silenciosas, das quais nenhuma cumpria as promessas de seus sonhos, o mar acariciava litorais desertos, sem nenhum traço dos contos maravilhosos que povoavam os livros de história, nem o fogo de Baal, nem as legiões africanas de Cipião, nenhum cavaleiro númida assediava as muralhas de Cirta para devolver a Massinissa o beijo de Sofonisba que lhe haviam roubado, as muralhas e os exércitos tinham retornado ao pó e ao nada, pois o mármore e a carne são igualmente perecíveis, e em Bône, da catedral que acolhera a predicação de Santo Agostinho e seu último suspiro, coberto pelo clamor dos vândalos, de toda a catedral, só sobrava um terreno baldio, coberto de capim amarelo e batido pelo vento. Marcel aquartelou-se em Casablanca, muito decidido a resgatar-se da indolência para converter-se em soldado, mas os americanos não entregavam as baterias antiaéreas, e a espera logo se tornou tão insuportável que ele teve que voltar ao bordel. Não acreditava que, na hora em que se decidia o futuro do mundo, tinham-no condenado novamente ao tédio, e a imensidão do Atlântico não trazia consolo nenhum. Ao cabo de um mês, soube que estavam à procura de oficiais de intendência e candidatou-se imediatamente. Se lhe recusavam o gosto do combate, ao menos poderia tornar-se o que sempre quisera ser. Sentia-se feliz, enfim, e assim continuou até que o coronel convocou-o para reprová-lo por ignomínia em termos de violência inaudita, o coronel espumava, esmurrava a escrivaninha, você não passa de um merda, Antonetti, merdinha e covarde, e Marcel, desnorteado, balbuciava em vão, mas, meu coronel, meu coronel, e o coronel berrava, oficial de intendência, de intendência?, repetindo a palavra "intendência" como se fosse uma obscenidade sem nome que lhe manchava a boca: Quer dizer que está com medo de lutar, é isso? Prefere ficar contando quilos de batatas e pares de botas? Você é um merda, um merdinha!, e Marcel jurava que o que mais queria na vida era lutar, mas que sempre quisera ser oficial e vira uma oportunidade que não podia deixar passar, mas o coronel não se acalmava: Por que não veio falar comigo, se queria tanto ser oficial, um oficial de artilharia, meu senhor! Um oficial honrado! Eu o mandaria para a linha de frente! Mas a intendência, pelo amor de Deus, a intendência? Nenhum de meus homens jamais passará para a intendência, está entendendo? Nenhum! E agora suma da minha frente antes que eu lhe quebre o pescoço! Marcel saiu com o ventre em chamas, todas as esperanças mais uma vez varridas sem dó nem piedade, e não pôde fazer outra coisa senão continuar a esperar as baterias antiaéreas que não chegavam nunca, até que finalmente o designaram secretário de um tenente da intendência, sem que o coronel nem ninguém mais visse nada de paradoxal ou de escandaloso. Voltou à França com o tenente no fim de 1944, e os dois foram subindo devagar rumo ao norte, centenas de quilômetros atrás da linha de frente. Marcel cuidava dos registros e preparava um café ralo. Jamais ouviu o estrépito das armas. Uma única vez, em Colmar, a algumas centenas de metros do carro que dirigia, um obus extraviado levantou alguma poeira e alguns escombros. Marcel parou. Olhava ao redor a cidade em ruínas que nenhum obus poderia destruir ainda mais. Seus ouvidos zumbiram agradavelmente por alguns minutos. Virou-se para o tenente, para perguntar se estava bem, espanou a manga do uniforme com a palma da mão, franzindo de leve as sobrancelhas, e foi esse o seu único feito de armas, a única coisa que o fez pensar que a guerra não o mantivera apartado por inteiro. E agora a guerra acabou, e ele está de volta ao lugarejo, no seio da família. Ele se deixa abraçar pelo pai, que o aperta junto com Jean-Baptiste, solta os dois e volta a abraçá-los, como se não conseguisse acreditar que não lhe tivessem tomado nenhum dos filhos. Jean-Baptiste está radiante e terrivelmente mais gordo. Passou os três últimos anos da guerra numa granja da Baviera, tocada por quatro irmãs, e pisca um olho ao falar delas, depois de verificar se a própria esposa não está olhando. Marcel teme que o irmão queira ficar a sós para se entregar a confidências licenciosas, ele não quer ouvir. Tem vinte e seis anos. Não voltará a ver o pátio do ginásio de Sartène, está velho demais para isso e, quando olha as mãos, tem a sensação de que estão a ponto de se esboroar, como mãos de areia. Em Paris, à procura de Jean-Baptiste, Jeanne-Marie conheceu no hotel Lutetia um rapaz bem mais jovem que ela, membro da Resistência, voltando da deportação, e anuncia que vai se casar com ele. Já está irremediavelmente gasta de tanta aflição e sabe disso, mas faz de conta que ainda acredita no futuro. Marcel irrita-se com todo esse esforço inútil e risível para parecer viva, sofre ao ver a irmã desempenhar assim a comédia do esquecimento, recusa-se a simular alegria e, enquanto ela se ocupa com os preparativos do casamento, ele lhe opõe um silêncio obstinado e desdenhoso. Mas, na igreja, quando caminha para o altar onde a espera André Degorce, magro e juvenil em seu uniforme da academia militar de Saint-Cyr, ela se detém por um instante para virar-se e sorrir um sorriso infantil que Marcel não tem como não devolver, a despeito de tudo. Ela não desempenha nenhuma comédia, ela não se rebaixa à negação, como não se rebaixa à paródia, porque os recursos infinitos de amor que leva consigo a preservam para sempre de uma como da outra. Marcel tem vergonha da própria lucidez e do próprio cinismo e, na claridade da manhã, volta a ter vergonha, vergonha de seu coração frouxo, seu coração repleto de trevas, tem vergonha de André por ter sido um guerreiro tão pífio, tem vergonha de sua sorte desprezível e ainda mais vergonha por ser incapaz de desfrutá-la, olha para André com um respeito invejoso e tem vergonha de recebê-lo neste lugarejo miserável, todos os convidados da boda inspiram-lhe vergonha, os Colonna, ainda de luto, e os Susini, que vieram com a filha grávida do enésimo bastardo, e Ange-Marie Ordioni, carmesim de tanto orgulho, apertando contra o peito coberto de medalhas o menino graúdo que sua esposa acaba de dar à luz em meio à sujeira do curral, tem vergonha dos próprios pais, da vitalidade obscena e transbordante de Jean-Baptiste, de si mesmo, que leva no peito um coração frouxo e repleto de trevas. Olha a irmã dançando nos braços de André. As crianças correm entre mesas improvisadas. Ange-Marie Ordioni molha um dedo no vinho rosê e dá para o filho chupar. Marcel ouve as risadas, as notas desafinadas do acordeão, a voz tonitruante de Jean-Baptiste. Senta-se ao sol perto da mãe, que lhe segura a mão e balança tristemente a cabeça. Parece ser a única que não se alegra ao ver a vida recomeçar. Como a vida poderia recomeçar se ainda nem começou?

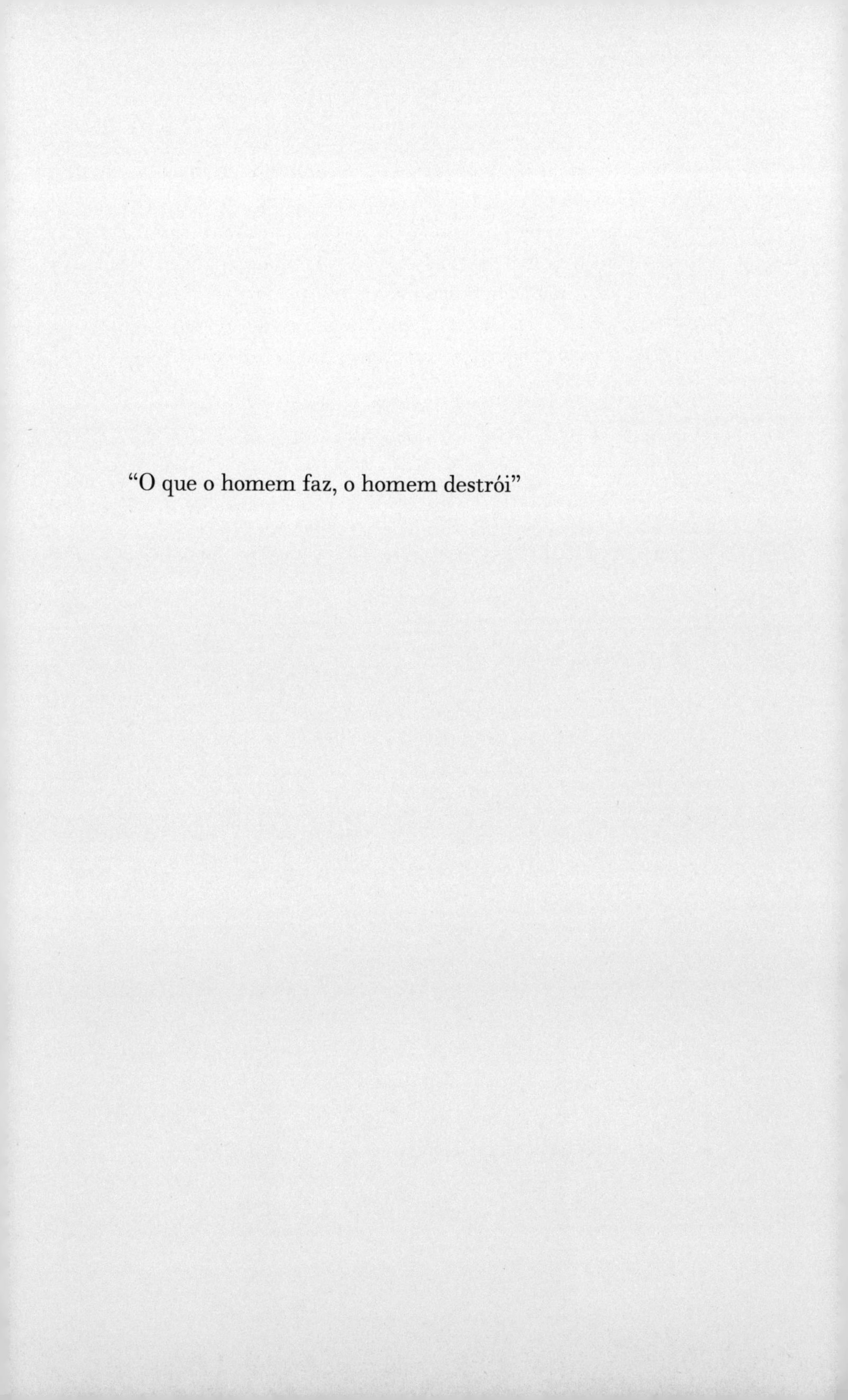

"O que o homem faz, o homem destrói"

Em agosto, antes da partida para a Argélia, Aurélie veio passar quinze dias no lugarejo com aquele que ainda partilhava de sua vida e ficou pasma ao encontrar ali um jorro de vida borbulhante e desordenada que jorrava para todos os lados, mas cuja fonte era claramente o bar de seu irmão. Encontrava-se ali uma clientela heteróclita e alegre, que misturava clientes fiéis, jovens dos lugarejos ao redor e turistas de todas as nacionalidades, incrivelmente reunidos numa comunhão festiva e alcoolizada que, contra toda expectativa, não era perturbada por nenhuma altercação. Mais parecia que aquele era o lugar escolhido por Deus para testar o reino do amor sobre a terra, e mesmo os vizinhos, em geral tão prontos para reclamar ao menor incômodo, a começar da mera existência de seus contemporâneos, mesmo eles exibiam o sorriso inalterável e beato dos eleitos. Bernard Gratas, vitorioso, ressurgido dos infernos, parecia agora tocado pelo sopro daquele Espírito a que nada escapa. Recebera uma promoção fulminante que o projetara em linha reta do suplício da louça para a confecção de sanduíches, tarefa de que dava conta com bom humor e celeridade. Quatro garçonetes singravam o salão e o terraço levando graciosamente as bandejas, atrás do balcão, sentada num banquinho, uma mulher mais velha vigiava o caixa, um rapaz cantava, acompanhando-se ao violão, canções corsas, inglesas, francesas e italianas, e, quando atacava uma ária mais empolgante, todos os clientes batiam palmas com entusiasmo. Matthieu e Libero consagravam-se ao aprofundamento das relações humanas, passando de mesa em mesa para indagar sobre o bem-estar dos clientes, pedir novas rodadas e fazer cócegas no queixo das crianças depois de oferecer um sorvete, os dois eram os senhores de um mundo perfeito, de uma terra abençoada na qual corriam leite e mel. Até mesmo Claudie teve que se submeter à evidência e dizia, com um suspiro

— Quem sabe ele foi mesmo talhado para isso,

via o filho radiante de felicidade, passando de mesa em mesa, e dizia de novo

— Afinal, o que conta não é a felicidade dele?,

e Aurélie não queria contrariá-la, confessando que Matthieu a exasperava além de todos os limites e que ela não via na felicidade do irmão mais que a expressão do triunfo de um filho mimado, de um moleque ranhento que, de tanto gritar e lacrimejar, acaba por conseguir o brinquedo que ambicionava. Ela o via exibir a própria alegria e manipular o brinquedo diante de um público já entregue, e era de temer que a exasperação de Aurélie fosse profunda e duradoura, pois não provinha da cólera ou dos sofrimentos de um amor traído, era antes o prelúdio de uma forma definitiva de indiferença, o garoto que ela amara e consolara tantas vezes transformara-se lentamente num ser sem envergadura nem interesse, cujo mundo era limitado pelo horizonte de seus desejos mesquinhos, e Aurélie sabia que, quando chegasse a ter a exata medida do irmão, ele se tornaria completamente estranho e alheio para ela. Viera para abraçar os seus antes de partir, sobretudo o avô, e desfrutar a presença de todos, e toda noite, depois do jantar, assistia ao número de Matthieu, pois parecia que se tornara obrigatório fazer uma visita ao bar e tomar um trago em família, Matthieu vinha sentar-se à mesa, falava dos projetos de animação durante o inverno, dos esquemas que Libero e ele tinham imaginado para providenciar os embutidos, do alojamento das garçonetes, e o homem que então partilhava, por alguns meses ainda, da vida de Aurélie parecia achar tudo aquilo interessantíssimo, fazia perguntas pertinentes, dava opiniões, como se precisasse muito conquistar o afeto de Matthieu, a não ser que no fundo fosse, como Aurélie começava a suspeitar, um imbecil que se alegrava por ter encontrado outro imbecil, diante do qual podia proferir à vontade todo tipo de imbecilidade. Mas ela se reprovava rapidamente pela crueldade do seu olhar, pela facilidade com que de repente o amor se transformava em desprezo, e sentia-se triste por ter um coração tão mau. Não tinha nada contra os donos de bar, os sanduíches e as garçonetes, e não teria formado um juízo sobre as escolhas de Matthieu se as julgasse sinceras e refletidas, mas não podia suportar nem a comédia nem a negação, e Matthieu comportava-se como se quisesse amputar o passado, falava com um sotaque forçado que nunca fora o seu, um sotaque ainda mais ridículo porque, volta e meia, ele o perdia no meio de uma frase, antes de se dar conta, corar e retomar o curso daquela grotesca dramaturgia identitária, da qual o menor pensamento, a menor manifestação do espírito fora banida como elemento perigoso. E mesmo Libero, que Aurélie sempre considerara um rapaz fino e inteligente, mesmo ele parecia determinado a seguir pelo mesmo caminho, contentando-se em responder com uma onomatopeia vagamente interrogativa quando ela contou que passaria o ano seguinte entre a Universidade de Argel e Annaba, onde participaria das escavações do sítio arqueológico de Hipona com uma equipe de arqueólogos franceses e argelinos, como se Santo Agostinho, a cuja obra ele acabara de dedicar um ano da própria vida, não merecesse nem mais um segundo de atenção suplementar. Aurélie renunciara a falar do que lhe era mais caro, e a cada noite, quando chegava ao limite do suportável em matéria de cantorias, gargalhadas e imbecilidades, ela se levantava da mesa e perguntava ao avô

— Vamos caminhar um pouco?,

e precisava

— Só nós dois?,

para que ninguém tivesse a ideia de reunir-se a eles, e andavam juntos pela estrada, na direção da montanha, Marcel aceitava o braço que a neta oferecia, deixavam para trás os rumores da festa, as luzes, e sentavam-se por um momento perto da bica d'água, sob o grande céu estrelado da noite de agosto. Era a primeira vez que a convocavam para um projeto de cooperação internacional, e Aurélie tinha pressa de começar a trabalhar. Os pais preocupavam-se com sua segurança. O homem que partilhava de sua vida preocupava-se com a perenidade do relacionamento. Matthieu não se preocupava com nada. O avô admirava-a como se ela, num passe de mágica, fosse capaz de extrair mundos desaparecidos

dos abismos de poeira e esquecimento que os haviam engolido, e nos momentos de entusiasmo, quando começara os estudos, ela mesma sonhara ser algo assim. Tornara-se mais humilde e mais séria. Sabia que não há vida longe dos olhos dos homens e esforçava-se para ser, ela mesma, um desses olhares que não deixam a vida se extinguir. Mas o mau coração às vezes sussurava que não, não era verdade, ela trazia à luz apenas coisas mortas e não lhes insuflava nenhuma vida, ao contrário, era a sua própria vida que, de um extremo a outro, se deixava pouco a pouco invadir pela morte, e Aurélie achegava-se mais ao avô no escuro da noite. Quando chegou a hora da partida, ela o abraçou com todas as forças, depois abraçou cada um dos seus, tentando não poupar afeto. Matthieu perguntou

— Afinal, isto aqui até que deu certo, não deu?,

e buscava a aprovação da irmã com uma insistência tão infantil que ela só pôde responder

— Deu, deu certo, fico feliz por você,

e lhe deu mais um beijo. Partiu de volta para Paris com o homem que partilhava de sua vida, e, alguns dias depois, ele a acompanhou até Orly, onde houve ainda, ao nascer do dia, depois de uma noite de amor que ele quisera intensa e solene, mais abraços e beijos, que Aurélie deu e recebeu da melhor maneira que pôde. O avião da Air France estava quase vazio. Aurélie tentou ler, mas não conseguiu. Também não conseguiu dormir. O céu estava claro. Quando o avião sobrevoou as Baleares, Aurélie colou o rosto na escotilha e observou o mar até que a costa africana surgisse. Em Argel, os homens da Segurança Nacional, armados de escopetas, esperavam o avião já na pista, no ponto de estacionamento.

Ela desceu a escada, esforçando-se para não olhar para eles, e subiu num ônibus enferrujado que a conduziu até o terminal. Um atropelo indescritível reinava diante dos guichês da imigração. Três ou quatro voos pareciam ter aterrissado ao mesmo tempo, entre os quais um 747 que chegava de Montreal com nove horas de atraso, e os policiais perscrutavam com minúcia extrema cada passaporte estendido, perdendo-se numa longa e melancólica contemplação do visto, antes de se resignar a outorgar com desdém o carimbo libertador. Ao cabo de uma hora, quando chegou às esteiras de bagagem, Aurélie deu com todas as malas espalhadas pelo salão, num chão coberto de bitucas de cigarro, e temeu não encontrar suas coisas. Teve que mostrar mais uma vez o passaporte carimbado, sorrir para os impassíveis funcionários da alfândega e passar por mais portões eletrônicos antes de chegar à sala de desembarque. Atrás das barreiras, uma multidão apertava-se, espreitando a porta. Aurélie sentia o coração batendo de angústia, nunca estivera tão perdida e solitária, queria dar meia-volta ali mesmo, e, quando leu seu nome escrito em maiúsculas numa folha de papel agitada por uma mão desconhecida, o alívio foi tanto que por pouco ela não começou a chorar.

Libero não tinha a menor intenção de cometer os mesmos erros de seus predecessores infelizes. Sabia-se tão incompetente quanto Matthieu em matéria de gestão de bares, mas tinha certeza de que seu conhecimento do terreno e um mínimo de bom senso evitariam uma nova derrota. Falava do futuro em tons visionários, e Matthieu escutava-o como se fosse o selo dos profetas, deviam moderar as ambições sem contudo renunciar a elas, não podiam nem pensar em ter um cardápio completo, seria uma prisão e um abismo financeiro, mas precisavam oferecer alguma coisa de comer aos clientes, em especial no verão, alguma coisa simples, embutidos, queijos, talvez alguma salada, sem comprometer a qualidade, disso Libero tinha certeza, as pessoas estavam dispostas a pagar por qualidade, mas como era preciso resignar-se a viver à sombra do turismo de massa e servir também às coortes de gente dura, não podiam se limitar aos produtos de luxo e não deviam hesitar na hora de vender merda a preço vil, e Libero sabia como resolver essa temível equação, seu irmão Sauveur e Virgile Ordioni forneceriam presuntos de primeira, curtidos por três anos, e também queijos, coisa realmente excepcional e mesmo tão excepcional que quem a provasse meteria a mão no bolso, chorando de gratidão, e de resto não valia a pena trabalhar com produtos de segunda linha, com as enganações que os supermercados vendiam na seção de produtos locais, acondicionados em redes rústicas, gravados com a cabeça de mouro* e perfumados na fábrica com *sprays* à base de farinha de castanha, mais valia ir direto ao ignóbil, francamente, sem rodeios, com carne de porco chinesa processada na Eslováquia, que poderiam passar adiante metida num pedaço de pão, mas cuidado, também não podiam achar que todo mundo era idiota, eles teriam que dar um jeito para que os clientes compreendessem as diferenças de preço e não tivessem a impressão de ser trapaceados a seco, porcaria você leva de graça, qualidade você paga, a honestidade era indispensável em questões assim, não apenas porque era uma virtude recomendável em si mesma, mas sobretudo porque de certo modo fazia as vezes da vaselina, teriam que preparar bandejas de degustação para que os clientes soubessem do que se tratava, prove primeiro e peça depois, eu insisto, pegue mais um pedacinho para ter certeza, e essa honestidade escrupulosa seria bem recompensada, até porque, fosse qual fosse a escolha final, a margem seria sensivelmente a mesma, eles sangrariam aqueles idiotas, os pobres e os ricos, sem distinção de idade nem nacionalidade, mas sangrariam com toda a honestidade, sem parar de paparicá-los, um dono de bar tinha que cultivar a clientela, não podia passar o tempo todo aferrolhado

* O símbolo da Córsega é uma "cabeça de mouro" negra com uma faixa branca amarrada à testa. [NT]

atrás do balcão, feito um retardado como Gratas, é preciso estar à disposição, ser amável, tratar de agradar, e o problema crucial a ser resolvido era, portanto, o das garçonetes. Uma noite, Vincent Leandri levou-os para conhecer um amigo que já tocara vários negócios no continente e agora cuidava de um local à beira-mar, um bar chique e discreto que, todavia, devia ter lhe valido uma condenação imediata por proxenetismo com agravantes, como Matthieu e Libero não tardaram a perceber. O sujeito recebeu-os de braços abertos e serviu champanhe generosamente.

— Vocês precisam de alguém confiável. E que entenda do riscado.

Fez um telefonema e anunciou que Annie, uma garçonete experiente que já trabalhara para ele, talvez se interessasse pela coisa. Ela chegou quinze minutos depois, declarou que Matthieu e Libero eram adoráveis, bebeu meio litro de champanhe e assegurou que teria todo o prazer em lhes dar uma mãozinha. Ela cuidaria do caixa e do estoque. Quanto ao serviço no salão, teriam que procurar outra garçonete. O amigo de Vincent balançou a cabeça.

— Uma só não. Uma não basta. Vocês vão precisar de três ou quatro.

Libero observou que o bar não era muito grande, que não precisavam de tantas garotas e que ele não sabia muito bem como poderiam pagá-las. Mas o amigo de Vincent insistiu.

— É verão, se vocês não forem dois patetas, vão ter clientela. Se querem mesmo abrir dia e noite, vão precisar de pessoal para tocar a coisa, vocês não podem fazer a mesma garota ralar dezoito horas por dia, podem?

E se é caro demais, vocês tiram duas da jogada, mas são vocês que vão ter de acordar cedo. À noite não tem jeito, vocês vão precisar de garotas. Dois caras servindo, não é bom para o negócio. Eu sei que hoje em dia veado é o que não falta, mas vocês não querem abrir um clube *gay*, querem?

Ele ria à solta, com todas as forças. Libero quase respondeu que não tinha a intenção de abrir nem um clube *gay* nem um bar de putas, mas teve medo de ofender o outro.

— Entendeu a jogada?

Libero aquiesceu.

— E tem uma coisa, não é para pegar as garçonetes, hein? As pessoas não vão lá gastar grana para ver vocês pegando as garçonetes! Vocês podem pegar as clientes, mas as garçonetes não.

Annie concordava, você pode fazer muita coisa na vida, mas, se tem um bar, aí você não pode pegar as garçonetes, nunca, mas nunca mesmo. Matthieu e Libero asseguraram que tal horror jamais lhes passara pela cabeça.

No dia seguinte, tiveram a surpresa de constatar que Annie, cuja eficiência, aliás, era irreprochável, parecia ter conservado de sua vida pregressa o hábito curioso de receber cada representante do sexo masculino que abria a porta do bar com uma carícia, furtiva mas pronunciada, na altura do saco. Ninguém escapava à apalpação. Ela se aproximava do recém-chegado, toda sorrisos, e lhe dava dois beijos estalados no rosto, enquanto explorava a virilha com a mão esquerda, como quem não quer nada, dobrando os dedos de leve. A primeira vítima dessa mania foi Virgile Ordioni, que vinha chegando com os braços carregados de embutidos. Corou até ficar rubro, soltou um risinho breve e ficou em pé no meio do salão, sem saber muito bem o que fazer. No começo, Matthieu e Libero pensaram em pedir a Annie que se mostrasse menos imediatamente amistosa, mas ninguém reclamava, muito pelo contrário, os homens do lugarejo faziam várias aparições cotidianas no bar, vinham até nas horas em geral vazias, os caçadores encurtavam as batidas, e Virgile fazia questão de descer todo dia da montanha, nem que fosse apenas para tomar um café, de modo que Matthieu e Libero ficaram calados, não sem louvar em foro íntimo a clarividente Annie, cuja imensa sabedoria penetrara a simplicidade da alma masculina. Toda noite, depois de fechar o bar, os dois saíam em missão de recrutamento e faziam a ronda das festas nos *campings* e nas praias. Procuravam estudantes sem dinheiro, condenadas às alegrias monótonas dos banhos de mar, que se interessassem por um emprego sazonal, e logo não tiveram outra dificuldade senão a da escolha. Antes do fim de julho, tinham encontrado quatro garçonetes. Contrataram também Pierre-Emmanuel Colonna, que acabara de concluir o liceu e passava as férias de verão tocando violão para um público familiar já conquistado, mas restrito. Ele não teve o que reclamar da profissionalização de sua atividade, pois não apenas fez um vivo sucesso com a clientela do bar — cujas exigências estéticas, é bem verdade, eram tão facilmente satisfeitas que mesmo as serenatas entoadas por um Virgile Ordioni caindo de bêbado recebiam aclamações entusiásticas —, como também, já na primeira noite, teve seu talento agraciado por Annie, que, depois de fechar as portas, encurralou-o contra a mesa de bilhar para beijá-lo na boca e apalpá-lo com vigor, antes de lhe oferecer uma noite cuja lubricidade ultrapassou de longe suas fantasias adolescentes mais ousadas. Na manhã seguinte, ela o despertou com beijos e elogios, serviu no próprio leito de suas proezas um farto café da manhã, que ela preparara com carinho, e ficou observando-o enquanto comia, os olhos umedecidos por uma lágrima brilhante e pura, que lhe dava um ar quase maternal. A vida até então morna e pacata de Pierre-Emmanuel Colonna foi levada de roldão por uma enxurrada de volúpia, e, quando lhe pagava o cachê, Libero por vezes dizia, rindo

— Com o verão que estou lhe dando, você é que devia me pagar!

No fim da temporada, levaram todos, Annie, as garçonetes, Pierre-Emmanuel e até Gratas a um ótimo restaurante, para um jantar de agradecimento e de adeus, seguido de uma noite copiosa numa boate. Com exceção de Annie, as garotas deviam partir na semana seguinte, rumo a Mulhouse, Saint-Étienne, Zaragoza, mas então Libero propôs que ficassem. Não sabia se poderia mantê-las por todo o inverno, mas a temporada fora muito lucrativa, e ele podia ao menos se permitir uma tentativa. Só não admitiu que a oferta generosa provinha antes de mais nada de uma análise baixamente comercial: contava com o poder de atração que a presença de quatro mulheres jovens e solteiras exerceria sobre uma região devastada pelo frio e pela miséria sexual para manter o bar cheio, mesmo em pleno inverno. Nenhuma delas recusou. Faziam cursos de que não gostavam e que sabidamente não dariam em nada, ou então tinham desistido de estudar, já não faziam planos, viviam em cidades sem alegria, onde se entristeciam com a feiura ambiente e onde ninguém de fato as esperava, sabiam que a feiura terminaria por se instalar na alma para apossar-se delas, estavam resignadas a tanto, e foi talvez a candura da alma vencida, o polo magnético da vulnerabilidade, que guiara infalivelmente Libero e Matthieu até cada uma delas, Agnès, que fumava cigarros enrolados à beira da praia, longe dos dançarinos e do bar, Rym e Sarah, que dividiam um refrigerante durante a eleição da *miss camping*, e Izaskun, abandonada, plantada ali pelo namoradinho no meio das férias, quase sem falar francês, esperando de mochila nas costas, numa boate deplorável, que o dia afinal raiasse, e elas riam de ter que morar em cinco no apartamento em cima do bar, riam dos colchões pelo chão e da promiscuidade, pois tinham passado no lugarejo as semanas mais felizes de sua existência, tinham criado um elo que ainda não queriam romper, um elo incontestável que também Matthieu pressentiu naquela noite, durante o jantar. Pela primeira vez depois de muito tempo, pensou em Leibniz e regozijou-se com o lugar que agora era o seu no melhor dos mundos possíveis e teve quase o ímpeto de inclinar-se diante da bondade de Deus, o Senhor dos mundos, que põe cada criatura em seu lugar. Mas Deus não merecia nenhum louvor, pois Matthieu e Libero eram os únicos demiurgos daquele mundinho todo seu. Só que o demiurgo não é um Deus criador. Não sabe que está construindo um mundo, trabalha como homem que é, pedra após pedra, e logo sua criação escapa, ultrapassa-o e, se ele não a destrói, será ela a destruí-lo.

Matthieu alegrava-se com a ideia de assistir pela primeira vez à lenta instalação do inverno, em vez de descobri-lo de uma só vez, ao sair do avião. Mas o inverno não se instala lentamente. Chega de uma só vez. O sol continua forte no céu turvo de verão, e de repente as janelas das últimas casas se fecham, umas depois das outras, já não se vê ninguém nas ruas do lugarejo, um vento morno sopra do mar por mais dois ou três dias, ao cair da noite, antes que a bruma e o frio envolvam os últimos viventes. À noite, a estrada brilha com a geada, como que semeada de pedras preciosas. Naquele ano, pela primeira vez, o inverno não se parecia com a morte. Os turistas tinham partido, mas o bar não se esvaziava. As pessoas chegavam de toda a região para tomar um traguinho, participavam das noitadas de sexta, quando Pierre-Emmanuel Colonna voltava da semana na universidade, e ouviam-no cantar enquanto espiavam as garotas sentadas perto da lareira, Gratas cuidava da carne grelhada, e Matthieu não tinha nada para fazer exceto saborear sua felicidade, bebendo o álcool que lhe queimava nas veias. De tanto em tanto, quando ela decidia que era a vez dele, dormia com Virginie Susini. Ela não dizia nada, nunca. Contentava-se em vir até o bar e instalar-se numa mesa isolada, onde passava a noite jogando paciência. Na hora de fechar, quando Annie fazia o caixa, ela continuava no mesmo lugar, olhava para Matthieu sem dizer nada e simplesmente ia atrás quando ele voltava para casa. Ele a levava para o quarto, tentando não fazer barulho para não alertar o avô, não deixava nunca de trazê-la consigo. E, contudo, dormir com Virginie era uma provação e tanto, era preciso suportar o silêncio, o olhar fixo e penetrante, era preciso suportar a ideia de que aquilo não fazia nenhum sentido concebível nem justificava a sensação de aviltamento, mas antes isso que voltar sozinho para casa. Pois agora a casa metia medo em Matthieu, como se tivesse perdido não só o calor do verão, mas também todo traço de humanidade familiar. Os retratos dos bisavós, que sempre vira como deuses tutelares velando por sua juventude, agora adquiriam um aspecto ameaçador, e volta e meia Matthieu tinha a sensação de que não eram retratos, mas sim cadáveres pendurados nas paredes, que o frio preservava da decomposição e que não exalavam nada de amoroso ou protetor. À noite, ouvia rangidos longos e tristes como suspiros, oxalá imaginários, e ainda os ruídos bem reais que o avô produzia ao vagar na escuridão, passando de um cômodo a outro, esbarrando nos móveis, e Matthieu tapava as orelhas e metia a cabeça embaixo do travesseiro. Quando se levantava, tudo ficava ainda pior. Acendia a luz e encontrava o avô no salão, a testa apoiada contra a vidraça gelada, segurando uma foto que ele nem olhava, ou então na cozinha, em pé, os olhos abertos diante de alguma coisa invisível que parecia mantê-lo cativo e horrorizado, e quando Matthieu perguntava

— Tudo bem? Não vai voltar para a cama?,

ele nunca respondia, apenas continuava a olhar adiante, o peso de uma velhice de mil anos sobre os ombros frágeis, a mandíbula inferior tremendo, capturado pela visão que o punha fora de alcance, que o retinha num abraço ciumento e aterrorizante. Matthieu voltava para a cama, não conseguia dormir e, vez por outra, tinha vontade de pegar o carro e sair, mas para onde iria, às quatro da manhã, em pleno inverno? Não havia outra coisa a fazer senão esperar que a luz da aurora se infiltrasse pelas persianas para pôr fim ao malefício. A casa voltava a mostrar-se amigável e docemente familiar. Matthieu adormecia. Todo dia, retardava tanto quanto podia o momento de ir embora do bar e tentava ao menos voltar para casa bêbado o bastante para conciliar o sono sem dificuldade. Certa noite, ousou perguntar às garotas

— Posso dormir com vocês hoje? Vocês não me arranjam um canto qualquer?,

e acrescentou, estupidamente,

— Não estou com vontade de dormir sozinho,

e as garotas começaram a rir, inclusive Izaskun, que fizera progresso suficiente com o francês para reconhecer uma besteira, e todas zombavam de Matthieu, dizendo que aquilo era um assombro de tão original, muito comovente e ainda por cima muito verdadeiro, e Matthieu protestava sua boa-fé, rindo junto, até que elas lhe disseram

— Claro, claro que pode! A gente arranja um canto para você.

Ele as seguiu até o apartamento. Havia bolsas e pilhas de roupas cuidadosamente alinhadas ao longo das paredes. Havia incenso. Annie tinha seu próprio quarto, Rym e Sarah dormiam no outro, e Matthieu foi se deitar no colchão que Agnès e Izaskun dividiam na sala, dissimulado atrás de um biombo japonês. As duas vieram juntar-se a ele, zombaram mais um pouco e se aninharam contra seu corpo. Izaskun murmurou alguma coisa em espanhol. Ele deu um beijo na testa de cada uma, como se fossem suas irmãs, e todos adormeceram. Nenhuma ameaça pesava sobre o sono de Matthieu, nenhuma sombra mórbida. Quando despertou, sua cabeça repousava sobre os seios de Izaskun e uma de suas mãos estava largada sobre o quadril de Agnès. Tomou um café e voltou para casa, para tomar uma chuveirada. Mas nunca mais dormiu ali. No dia seguinte, deitou-se com Rym e Sarah e passou a alternar as noites entre o colchão da sala e o quarto, dormia sempre o mesmo sono casto e pacífico, como se a espada sagrada do cavaleiro estivesse sobre os lençóis, entre seu corpo e o calor do corpo das garotas, e transmitisse a todos algo de sua eterna pureza. Essa harmonia celeste só era rompida nos fins de semana, quando Pierre-Emmanuel Colonna juntava-se a Annie e tornava-se necessário suportar seus embates satânicos. Sua resistência era inimaginável. Faziam um barulho monstruoso, Pierre-Emmanuel resfolegava e, de vez em quando, rompia numa gargalhada incongruente, Annie gritava e, não bastasse isso, era terrivelmente tagarela, anunciava em alto e bom som o que estava com vontade de fazer e o que queria que lhe fizessem e o que estavam fazendo naquele instante e como tinha gostado do que tinham acabado de fazer, a tal ponto que todos tinham a impressão de assistir à transmissão radiofônica de uma partida, uma partida obscena e interminável, narrada por um locutor histérico. Matthieu e as garotas não conseguiam dormir, Rym dizia

— Não dá para acreditar, palavra de honra, alguém precisa cronometrar esse cara,

e Pierre-Emmanuel começava de fato a comportar-se com a arrogância do atleta de elite, no bar, ele já tocava com falsa desenvoltura o traseiro de Annie sempre que o tinha ao alcance da mão, desfrutando os olhares de adoração impotente da plebe voltados para ele, dava piscadelas condescendentes para Virgile Ordioni, que ria nervoso, engolindo a saliva, dava-lhe tapinhas nas costas como quem dá umas poucas migalhas de sonho a um menino, para que se contente e saiba logo que é tudo o que terá. Matthieu e as garotas tinham por vezes a sensação de ser testemunhas de uma demonstração que, no fundo, não visava mais que satisfazer as expectativas de um público exigente, e então punham-se a aplaudir e a gritar viva, fazendo Pierre-Emmanuel sair suado e furioso do quarto, ao qual voltava sem demora depois de tê-los fuzilado com o olhar, eles tinham um acesso de riso incontrolável, e quando os fornicadores, vencidos pelo cansaço, permitiam que o silêncio retomasse seus direitos, também eles adormeciam, a lâmina nua da espada velando pela pureza de seu sono. Mas a espada não deixaria de lhes ser retirada, e certa noite de fato o foi. Matthieu estava deitado de lado, virado para Izaskun, e mais uma vez ela murmurou alguma coisa em espanhol, ele ouviu sua respiração pesada, viu brilhar no escuro uns olhos luzidios e um sorriso que o fizeram lembrar de Judith Haller, mas agora estava no mundo que escolhera para si, o mundo que ia construindo pedra a pedra, e nada poderia lhe inspirar culpa, estendeu lentamente a mão e tocou o rosto de Izaskun, que beijou primeiro seus dedos, depois sua boca, encostou-se nele, passou uma perna por cima das suas, para que ele chegasse mais perto, e o abraçou com todas as forças, Matthieu sentia-se inundado de gratidão e de beleza, mergulhado nas profundezas límpidas das águas do batismo, águas santas, águas de eterna pureza, e, quando tudo terminou, ele se deixou cair sobre as costas, os olhos abertos, Izaskun agarrada a seu corpo, e viu que Agnès, apoiada no cotovelo, observava os dois. Ele se virou para sorrir, ela se inclinou e o beijou longamente, recolheu com a ponta da língua um resto de saliva na comissura dos lábios e então passou a ponta dos dedos sobre as pálpebras de Matthieu, de leve, como quem fecha piamente os olhos de um morto, até que ele adormecesse sob o efeito do carinho.

— Annie, agora você toca o bar. Já fechou o caixa?

Annie mostrou a receita do dia a Matthieu, que a guardou numa caixinha de metal. Abriu uma gaveta e tirou uma enorme pistola automática, que meteu na cintura com um gesto tão ensaiado que já parecia natural.

— Pronto, vamos.

Aurélie olhou para ele com estupor.

— Agora você anda armado por aí? Ficou maluco de vez? O que deu em você? É algum problema de virilidade ou o quê? Ainda por cima é ridículo. Você não percebe, não?

Matthieu não se achava ridículo, muito ao contrário, mas não disse nada e contentou-se em dar as explicações que a irmã exigia e diante das quais ela só poderia se inclinar. O bar ia às mil maravilhas, drenava toda a clientela dos lugarejos ao redor, num raio de trinta ou quarenta quilômetros, uma coisa incrível, e Libero tivera uma ideia de gênio ao pedir que as garotas ficassem, pois eram elas que atraíam tanta gente, sem elas ninguém seria louco de enfrentar a chuva e a geada na pista para vir beber ali, num lugarejo que não se distinguia dos outros, um *pastis* que tinha exatamente o mesmo gosto em qualquer lugar, era óbvio, e Vincent Leandri observara que todo negócio que vai bem corre o risco de ser assaltado, sobretudo hoje em dia, é verdade que os homens são ladrões desde a noite dos tempos, mas você pode ser ladrão sem ser um merda, e hoje em dia, justamente, as pessoas já não se contentavam em ser ladrões e eram também uns merdas de primeira, eram capazes de passar a noite ali, bebendo e brincando, dar um beijo na hora de ir embora e voltar dez minutos depois, com um capuz na cabeça, para meter uma arma na cara dos outros e raspar o caixa antes de ir dormir o sono dos justos, e no dia seguinte voltavam como se nada tivesse acontecido, quando na véspera tinham dado dois golpes de coronha nos dentes de um e dois tapas na cara de Annie, assim, sem mais nem menos, por pura cabeça de merda, e Vincent não falava de um risco eventual, mas de uma coisa inevitável, não havia suspense nenhum, a coisa ia acontecer, cedo ou tarde, aquilo estava escrito no mármore, e foi por isso que ele aconselhou os dois a comprar uma arma, o mais rápido possível. Aurélie ergueu os olhos para o céu.

— Se eu entendi bem, quer dizer que agora vocês dois não só estão correndo o risco de ser assaltados, mas ainda podem ser mortos ou matar alguém, é isso? É um raciocínio brilhantíssimo. Bravo! E olhe que Vincent Leandri é um bêbado!

Mas Aurélie não tinha entendido, Matthieu não tinha a menor intenção de matar ninguém, muito menos Libero, era preciso ver a coisa do ângulo da dissuasão, só isso, e ele mesmo levara algum tempo para entender toda a sutileza das lógicas de dissuasão, na primeira vez que viera retirar a féria, ele chegou ao bar por volta das sete da noite, a arma metida nas calças, o lugar apinhado, ele passara para trás do balcão e se contorcera discretamente para pôr a pistola numa gaveta sem que ninguém notasse, o que não era fácil dada a quantidade de sujeitos debruçados no balcão e o tamanho da pistola, e Libero esperara um instante para perguntar

— Posso saber o que você está fazendo?,

e Matthieu respondera num sussurro

— Estou guardando o berro na gaveta,

e Libero começara a rir e Vincent Leandri começara a rir também e os dois tinham boa razão para morrer de rir dele, porque, francamente, de que serve ter uma arma se ninguém sabe que você tem uma arma?, o princípio, ao contrário, é que todo mundo fique sabendo, assim os ladrões, por mais merdas que sejam, vão achar que vale mais a pena ir roubar noutro canto, roubar um sujeito que não tenha arma, e agora, à noite, sempre que era a sua vez, Matthieu tirava ostensivamente a arma da cintura e a deixava um instante em cima do balcão, bem à vista, para então guardá-la tranquilamente numa gaveta, de onde a retirava na hora de fechar, dissuasão é isso, os ladrões são como os cubanos, digamos, e Libero e ele eram como Kennedy, o método não era de hoje, mas Aurélie continuava a suspirar e teria suspirado bem mais fundo se Matthieu tivesse admitido que, dissuasão ou não, estava decidido a abater feito um cachorro o primeiro vagabundo que tentasse lhe raspar o caixa.

— E agora você vai chegar em casa com uma arma na cintura?

Matthieu deu de ombros.

— Claro que não. Vamos deixar com Libero.

Matthieu não tinha a menor vontade de jantar em família. Os pais não costumavam voltar para o Natal.

Era a primeira vez. E tinham insistido que Aurélie se juntasse a eles, coisa que o homem que partilhava cada vez menos de sua vida teve dificuldade de aceitar. Desde o verão, só tivera umas poucas noites com ela, em outubro. Em vez de voltar para a França na primeira ocasião possível, ela preferira aceitar o convite dos colegas argelinos para visitar os sítios de Djemila e Tipaza, fingindo que não queria magoá-los, pois agora ela reservava seus cuidados e atenções a pessoas que mal conhecia, não a ele, que entretanto partilhava de sua vida havia anos e agora tinha de se contentar com o pouco tempo que ela lhe dedicava, com um descaso doloroso, e, para completar, ele ainda tinha que suportar que ela amputasse sua vida a dois durante aqueles dias a mais que passaria no lugarejo, em família, sem sequer convidá-lo a vir junto, como se fosse óbvio que ele não fazia parte da família. E naquela noite, à mesa, ela não pensava nele ao evocar a riqueza excepcional de um sítio arqueológico abandonado havia anos, os troféus, a couraça cingida por um longo manto de bronze, as cabeças de Górgona desaparecidas do frontão das fontes de mármore, as colunatas das basílicas, falava da gentileza dos colegas argelinos cujos nomes ela tentava não estropiar, Meziane Karadja, Lydia Dahmani, Souad Bouziane, Massinissa Guermat, falava de sua dedicação, do talento e da fé com que eles faziam surgir, daquela pilha de pedras mudas, diante dos alunos das escolas primárias, uma cidade plena de vida, de tal modo que, aos olhos das crianças, o capim amarelo se cobria de lajes e mosaicos, o velho rei númida passava montado em seu grande cavalo, melancólico, pensando no beijo perdido de Sofonisba, e, séculos mais tarde, ao fim da longa noite pagã, os fiéis ressuscitados se apertavam uns contra os outros, à beira do coro, esperando que se elevasse entre eles, na nave luminosa, a voz do bispo que os queria tão bem

— Escutai, vós que me sois tão caros,

mas Matthieu não ouvia nenhuma voz, olhava para o relógio e pensava nos braços vivos de Izaskun, nos de Agnès, em tudo isso que não desejava partilhar com ninguém, e, quando a sobremesa foi servida, ele anunciou que já não estava com fome e que ia embora. Mas o pai disse

— Não, por favor, fique mais um pouco, não vai demorar,

e Matthieu continuou sentado, tomou um café, ajudou a tirar a mesa e, quando o avô e a mãe foram dormir, quis ele também se levantar, mas o pai disse

— Não, por favor, preciso conversar com vocês, você e sua irmã, sentem-se,

e ele começou a falar com muita calma e gravidade, mas sem olhar nos olhos, já fazia algum tempo que andava cansado, tinha feito exames e estava doente, gravemente doente, dizia, e isso Matthieu entendia muito bem, mas não entendia por que o rosto de Aurélie se decompunha à medida que o pai falava e dava detalhes do tratamento que teria que fazer e que seria eficaz, sem dúvida, um tratamento comprovado, quase banal, não entendia por que mesmo assim Aurélie metia o rosto entre as mãos e repetia

— Meu Deus, papai, meu Deus,

se afinal o pai não podia estar tão doente assim, era ele mesmo que dizia, e Matthieu levantou-se para servir-se de um uísque, esforçava-se em vão para acompanhar as palavras do pai, mas as mãos de Izaskun cobriam suas orelhas para impedi-lo de ouvir, e as mãos de Agnès roçavam suas pálpebras, como quem fecha os olhos de um morto, para impedi-lo de ver, e, apesar de todos os seus esforços, Matthieu não conseguia nem ver nem ouvir o pai, Jacques Antonetti, que fazia o possível para explicar aos filhos que talvez morresse logo, pois seu discurso não tinha lugar no melhor dos mundos possíveis, no mundo do triunfo e da despreocupação, não podia ganhar o menor sentido inteligível, não era mais que um rumor desagradável, o turbilhão inquietante de um rio subterrâneo cuja potência longínqua não tinha como ameaçar a ordem deste mundo perfeito em que só existia o bar, o Ano-Novo que se aproximava, um amigo que era como um irmão e irmãs cujo beijo incestuoso exalava perfumes de suave redenção, só existia uma eternidade de calma e beleza que nada podia perturbar, tanto que, quando Jacques o apertou nos braços e lhe deu um beijo emocionado, dizendo

— Não se preocupe, por favor, tudo vai correr bem,

Matthieu só pôde responder com toda a franqueza que não se preocupava, pois sabia que tudo ia correr bem, e o pai disse

— Vai, sim,

quiçá orgulhoso desse filho que tinha a delicadeza extrema de poupá-lo da dolorosa solenidade de sua dor, e então deu um beijo em Aurélie e foi se deitar. Matthieu continuou parado ali, no meio da sala, como que vagamente agitado por alguma coisa de contorno incerto, serviu-se de mais um uísque ao lado de Aurélie, que segurava as lágrimas, mas de repente lembrou que já podia ir embora e pôs o copo na mesa. Aurélie ergueu os olhos para ele.

— Você entendeu?

— Entender o quê?

— Papai corre o risco de morrer.

— Não foi o que ele disse. Não mesmo.

Chegou ao bar perto da meia-noite. Dois sujeitos de Sartène bebiam uma garrafa de vodca no balcão, mal se seguravam em pé, mas passavam cantadas de quinta categoria em Annie, que os chamava de tarados e, de tanto em tanto, punia os dois com um carinho de reprovação no saco, fazendo caras e bocas enquanto embolsava gorjetas colossais. Gratas varria um canto. Sozinha numa das mesas, Virginie Susini jogava paciência. Matthieu foi se sentar diante dela. Virginie não se interrompeu por um segundo que fosse e não lhe lançou nenhum olhar. Até então, Matthieu não sentia a menor necessidade de se abrir com quem quer que fosse, mas ela estava ali e provavelmente era a única pessoa do mundo a quem se podia fazer confidências sem arrependimento, uma vez que provavelmente não escutaria nada. Matthieu inclinou-se para ela e lhe disse de uma vez

— Parece que meu pai corre o risco de morrer.

Virginie balançou a cabeça e depositou uma dama de espadas em cima de um rei de paus antes de murmurar

— A morte eu conheço bem. Nasci viúva.

Matthieu fez um gesto de irritação. Não tinha paciência para gente louca. Tinha vontade de ver Izaskun. Contemplou Virginie com um trejeito vaidoso.

— Você não estava esperando por mim, estava?

Virginie tirou mais uma carta.

— Não, você não. Estou esperando por ele, mas ele ainda não sabe,

e apontou com o dedo para Bernard Gratas, que ficou como petrificado, de vassoura na mão.

E agora ela espreitava pela escotilha a aparição das Baleares, que ofereciam a promessa de um consolo próximo, de um retorno à doçura de uma terra natal que não a vira nascer, e seu coração começou a bater mais forte quando ela percebeu a linha cinzenta do litoral africano e soube que estava de volta ao lar. Pois agora era na França que ela se sentia exilada, como se o fato de não respirar mais a cada dia o mesmo ar que seus compatriotas tornasse incompreensíveis as suas preocupações e vãs as palavras que eles lhe dirigiam, uma misteriosa fronteira invisível traçara-se ao redor de seu corpo, uma fronteira de vidro transparente que ela não tinha nem a força nem o poder de transpor. Precisava fazer esforços desgastantes para acompanhar a conversa mais banal e, por mais que se esforçasse, não conseguia, precisava pedir uma e outra vez que os interlocutores repetissem o que tinham acabado de dizer, quando não desistia de responder e se retirava para o silêncio da fronteira invisível, e o homem que em breve não partilharia mais de sua vida magoava-se o tempo todo, fazia-lhe críticas das quais ela nem se defendia mais, uma vez que desistira de lutar contra a própria frieza, contra o desinteresse e a injustiça que haviam se instalado em seu mau coração. Foi só ao chegar ao aeroporto de Argel e logo à sede da universidade, e sobretudo a Annaba, que ela reatou com a própria bondade. Suportava alegremente a espera interminável nos guichês da imigração, os engarrafamentos e os esgotos a céu aberto, a falta de água, o controle de identidade nas barreiras policiais, e quase se comovia com a feiura stalinista do grande hotel estatal em que se alojava toda a equipe em Annaba, com os quartos decadentes dando para os corredores desertos. Não se queixava de nada, sua aquiescência era total, pois cada mundo é como um homem, forma um todo em que é impossível colher só o que se quer, e é como um todo que se deve rejeitar ou aceitar as folhas e o fruto, a palha e a espiga, a baixeza e a graça. Num perímetro de poeira e detritos repousavam o vasto céu da baía, a basílica de Santo Agostinho e a joia de uma inesgotável generosidade cujo brilho recaía sobre a poeira e os detritos. Mesmo assim, a cada quinze dias ela voltava a Paris, para passar o fim de semana com o pai. Quando Aurélie contou que ele estava doente, todos os colegas passaram a cercá-la de cuidados. Ofereciam quilos de doces ou rezavam pela cura de seu pai. Massinissa Guermat insistia para levá-la ao aeroporto e esperava por ela na volta. No começo do mês de abril, Aurélie estava sentada com a mãe ao lado da cama de hospital em que o pai tentava recuperar as forças depois do tratamento. Ele raspara a cabeça para não ver os cabelos caírem. Pediu um copo d'água, que Aurélie serviu, mas largou-o quando o levava aos lábios, os olhos se reviraram, e ele desmaiou. Claudie jogou-se para cima dele, gritando

— Jacques!,

e ele pareceu voltar a si, olhava para a mulher e a filha, pronunciava palavras incompreensíveis, agarrou o punho de Aurélie e puxou-a para perto, com olhos de animal agonizante, repletos de medo e de noite, e tentou falar, em vão, punha nisso toda a energia, deixando escapar um caos de sílabas, às vezes palavras inteiras, arrancadas das frases que seu corpo doente mantinha cruelmente prisioneiras, palavras que parodiavam a linguagem e só exprimiam a desolação de um silêncio monstruoso, bem mais velho que o mundo, e Jacques deixou-se cair de novo sobre o travesseiro, a mão ainda crispada no punho da filha. O médico e as enfermeiras chegaram e disseram a Claudie e Aurélie que saíssem. As duas esperaram no corredor, e o médico veio vê-las, falou de insuficiência renal e de uremia, e quando elas lhe perguntaram o que ia acontecer, ele disse que não sabia e que precisavam esperar e foi embora. Claudie fechou os olhos.

— Acho que você vai ter que ligar para o seu irmão. Eu não vou conseguir.

Aurélie saiu e, quando Matthieu atendeu, ela ouviu risos e música. No começo, ele pareceu não entender o que ela dizia. O tratamento caminhava bem, assegurava a mãe toda vez que se falavam por telefone, não havia razão para se preocupar. Aurélie fechou os olhos.

— Matthieu, escute: ele está irreconhecível. Já não é ele. Está ouvindo o que estou dizendo?

Matthieu ficou em silêncio. Ela ainda ouvia a música, as vozes que se interpelavam, as risadas. Ele terminou por murmurar

— Vou dar um jeito aqui, vou até aí.

No dia seguinte, contra toda expectativa, Jacques Antonetti passava bastante bem. Não tinha nenhuma lembrança do que acontecera na véspera. Tentava brincar. Desculpava-se com Aurélie e Claudie pelo medo que metera nelas. O médico achava que seria mais prudente mantê-lo hospitalizado. No hospital, teriam como reagir com toda a rapidez necessária no caso de um novo incidente. Se Claudie quisesse, instalariam uma cama de campanha no quarto do marido, e ela disse que seria perfeito. Aurélie voltou a ligar para Matthieu, que ficou aliviado e a censurou por ter pintado um quadro quase apocalíptico de uma situação perfeitamente sob controle. Ela não se deu ao trabalho de responder.

— Mas, então, você chega quando?

Matthieu disse que já não havia urgência e que estava muito ocupado com os preparativos da temporada e, além do mais, se chegasse assim, brutalmente, acabaria alarmando o pai por nada, logo pensaria numa visita de adeus, tinham que poupá-lo, e Aurélie não teve mais como se controlar, disse que ele era um merdinha repugnante de tão egoísta, um merdinha cego que esperava, no fundo, que a cegueira acabasse lhe valendo uma espécie de absolvição, mas não, jamais seria absolvido pelo que estava fazendo, pelo menos não por ela, ela não era como a mãe, que continuava vendo nele um querubim que era preciso preservar, custasse o que custasse, de uma dolorosa confrontação com os horrores da existência, como se, no fundo, ele fosse o mais coitadinho, como se a sua sensibilidade à flor da pele, a sensibilidade extrema que parecia ser seu privilégio exclusivo, dispensasse-o de cumprir os deveres mais fundamentais, mais sagrados, ela não estava nem falando de amor e de compaixão, essas eram palavras que ele era incapaz de entender, mas será que ao menos ele compreendia em que consistiam seus deveres, compreendia que, se quisesse continuar a fugir, continuaria a ser o merdinha em que se metamorfoseara em tempo recorde, com um talento digno de admiração, ela bem reconhecia, até o ponto em que ninguém mais poderia ajudá-lo, pois seria tarde demais, não teria direito à menor jeremiada, ao menor arrependimento, ela ficaria de olho, se é que não andava tão podre de autocomplacência que nem sentiria a tentação de arrepender-se, e, se restava nele alguma coisa do irmão que ela tanto amava, ele que se forçasse a tirar a cabeça do próprio umbigo e abrisse os olhos, ela não queria nem ouvir falar de inconsciência, de cegueira, de sensibilidade extrema ou à flor da pele, há coisas que são terríveis e é preciso encará-las porque é isso que os homens fazem, é nessa confrontação que eles conhecem a própria humanidade e se tornam dignos dela, ele veria que era impossível, absolutamente impossível, de uma impossibilidade radical e definitiva, deixar que o pai morresse sem lhe dar a esmola de uma única visita que fosse, mesmo que essa visita devesse ser muito menos agradável que seu dia a dia de merdinha, menos agradável que a bebedeira e a putaria e a estupidez crassa em que ele chafurdava feito um porco no chiqueiro, e quando ele percebesse isso pegaria um avião sem esperar nem um minuto mais, e Aurélie tinha medo de ter de bani-lo de sua vida se ouvisse alguma resposta, tinha medo de perdê-lo para sempre, idiota, incorrigível idiota que ela era, preferia não ouvir resposta nenhuma e bateu o telefone na cara de Matthieu. Voltou para perto de Claudie. Ainda tremia de raiva.

— Falei com o seu filho por telefone. Você devia ter...

Claudie olhava para ela, totalmente perdida e indefesa, e Aurélie felicitou-se por não ter concluído a frase que lhe ditavam as injunções brutais de seu mau coração, às quais deixou de resistir quando se viu sozinha ao lado do homem que partilhava de sua vida pela última vez. Refugiou-se atrás da fronteira de vidro e recusou-se a partilhar com ele, nessa noite derradeira, seu corpo, sua cólera ou sua dor. Em Annaba, Massinissa Guermat perguntou como fora a viagem, se o pai estava melhor, e ela respondeu que tudo ia bem, mas quando ele a levava de volta ao imenso deserto silencioso do hotel estatal, ela capitulou diante da onda de tristeza que a afogava e balançou a cabeça, não, nada ia bem, por pouco o pai não morrera diante dela, ele não conseguia falar, agarrava-a pelo punho com todas as forças, para não ser aspirado pelas areias movediças que já lhe enchiam a boca e o sufocavam, e ela não podia fazer nada, porque a gente morre sem ninguém, ai, como a gente fica só quando morre, e, diante dessa solidão, ela tivera vontade de fugir, apenas isso, queria que o pai soltasse seu punho para que ela pudesse fugir e ele deixasse de forçá-la a encarar essa solidão que os vivos não tinham como entender, e durante um longo momento ela não sentira mais compaixão ou dor, apenas um medo pânico cuja recordação agora era suficiente para horrorizá-la, e então Massinissa disse

— Não posso deixar você assim, desse jeito,

e ela se virou para ele, a garganta seca, subitamente febril e viva, e disse com uma voz imperiosa, sem abaixar os olhos

— Então não me deixe. Não me deixe,

e ela se jogou no pescoço dele, sem pensar, e sentiu com imenso alívio os braços de Massinissa que se fechavam em torno dela. Ele se levantou antes que o dia raiasse, para que nenhum membro da equipe e nenhum funcionário do hotel o vissem voltar para o quarto. Aurélie esperou o dia nascer. Tomou um banho, ficou muito tempo embaixo da água amarelada, sem pensar em nada, e saiu bruscamente, para ligar para o homem que ela abandonaria. Ele não conseguia acreditar, pedia explicações, e, já que uma explicação era necessária, Aurélie anunciou, cansada de guerra, que conhecera uma pessoa, mas essa revelação provocou novas perguntas, onde?, quem?, desde quando?, e Aurélie repetia que nada daquilo importava, porque no fundo o tal encontro não tinha nada a ver com o que estava fazendo agora, ele precisava entender, e ela terminou por dizer

— Ontem à noite. Desde ontem à noite.

Ele não se calava, agora a voz era cortada por soluços, por que ela anunciava tudo tão rápido?, por que não esperava um pouco?, talvez fosse uma coisa passageira, ele não precisava ficar sabendo, ela não tinha como ter certeza, e agora tudo era irreparável, por que ela confessava uma coisa que talvez não significasse nada?, por que era tão cruel? Aurélie pensou que lhe devia toda a verdade.

— Porque é isso que eu quero: eu quero que seja irreparável.

Matthieu e Libero acompanhavam Gavina Pintus, duas horas antes do romper do dia, ao ofício de trevas de Quinta-Feira Santa. Tinham passado a noite acordados, no bar, para não ter que despertar, tinham escovado os dentes na pia do balcão e agora mascavam um chiclete sabor hortelã para que o hálito alcoolizado não perturbasse a devoção daquela noite de luto. Para o feriado de segunda-feira depois da Páscoa, tinham programado um grande piquenique diante do bar, com música ao vivo, e no dia seguinte partiriam. Libero acompanharia Matthieu a Paris, iriam ver seu pai e aproveitariam para tirar uns dias de férias em Barcelona, tinham reservado um hotel sem fazer miséria, podiam permitir-se, uniriam o útil ao agradável, e Jacques Antonetti não teria a impressão de que tinham vindo se despedir de um moribundo. Mas, naquela noite de Quinta-Feira Santa, os dois avançavam de braços dados com Gavina Pintus, seguravam-se como podiam, o vento úmido enregelava-os, o efeito do álcool tornava-se menos perceptível, e atrás deles caminhavam Pierre-Emmanuel Colonna e uns amigos de Corte que tinham vindo para cantar a missa antes de animar a festa de segunda-feira, e eles também tentavam espantar a bebedeira o mais rápido possível, do jeito que podiam. A igreja estava cheia de fiéis sonolentos. A eletricidade fora cortada. A luz provinha apenas dos grandes círios acesos diante do altar. O cheiro do incenso recordava a Matthieu o aroma da pele de Izaskun. Fez o sinal da cruz, reprimindo um soluço ácido. Pierre-Emmanuel e seus amigos instalaram-se num canto da abside, o texto dos Salmos em mãos. Davam pigarros e conversavam baixinho, balançando o corpo para a frente e para trás. O padre anunciou que, para a salvação do mundo, a escuridão logo invadiria o mundo, que se preparava para supliciar seu redentor em lágrimas, nos jardins do Getsêmani. Os cantores entoaram o primeiro salmo

Sua tenda está em Salém e Sua morada em Sião,

suas vozes preenchiam a igreja e eram maravilhosamente límpidas. O rosto de Pierre-Emmanuel exprimia um grande alívio, ele fechou os olhos para concentrar-se no canto, e o padre avançou e apagou um círio. Ouviu-se o ruído das matracas e dos pés que se chocavam contra a madeira dos genuflexórios para dar testemunho do fim do mundo, que se afundava em trevas

a terra é sacudida com todos os seus habitantes,

e agora Gavina Pintus erguia para a cruz os olhos de menina amedrontada, e na primeira fileira Virgile Ordioni torcia nervosamente o boné entre as mãos, como se todo o lugarejo devesse de fato ser engolido, o ranger das matracas confundia-se com o das fundações abaladas, as pedras da igreja tremeram até que a cacofonia cessou e os cantos se elevaram mais uma vez

que jubilem os ossos que Tu esmagaste,

e, um depois do outro, o padre apagava os círios. Logo não restou mais que uma única chama vacilante, Gavina Pintus segurou a mão do filho, que reprimiu um bocejo sacrílego, Matthieu só esperava que o fim do mundo não fosse tão cacete, estava com frio e com sono, perto dali o corpo de Izaskun irradiava inutilmente seu calor entre os lençóis, e o padre levantou a longa haste de cobre, e a escuridão foi total,

E a fronte do justo se levantará.

O padre falava em meio às trevas e disse que o cristão não temia as trevas em meio às quais ele falava, pois o cristão sabia que elas não significavam a vitória do nada, a luz que se apagava era apenas a luz dos homens, e as trevas se estendiam para que pudesse enfim surgir a luz divina, elas eram como o berço da luz, assim como o sacrifício do Cordeiro de Deus anunciava o Filho ressuscitado na glória do Pai, o Verbo eterno, a origem de todas as coisas, e as trevas não eram a morte, não eram testemunho apenas do fim, mas também das origens luminosas, pois afinal um e outro eram um só e o mesmo testemunho. A luz leitosa da aurora filtrava-se pelas portas fechadas. Depois da bênção, o padre liberou o rebanho, parte considerável do qual precipitou-se para o bar, para se restabelecer da comoção. Libero preparou café e pôs uma garrafa de uísque em cima do balcão para quem tivesse vivido alguma emoção intensa demais. Pierre-Emmanuel inquietava-se quanto à qualidade da interpretação, e Libero assegurou que ele se saíra muito bem, por mais que fosse preciso admitir que os cantos polifônicos costumavam ser uma chatice e dificilmente suportáveis em grandes doses. Virgile Ordioni, que depois de beber o café já estendia a mão tímida rumo à garrafa de uísque, exprimiu sua discordância

— Estava muito bonito! Magnífico! Ele entende da coisa, Libero!

Pierre-Emmanuel riu e lhe deu um tapinha no ombro de Virgile

— E você? O que você sabe da coisa?,

mas Virgile não se ofendeu, pareceu pensar um instante e disse

— É verdade, não sei grande coisa. Mas estava bonito,

e seguiu-se um debate animado sobre a polifonia, as competências musicais de uns e outros, as matracas, os círios e os padres, debate saudado pela oportuna aparição de outra garrafa de uísque, de modo que, quando Izaskun e Sarah chegaram, na hora de abrir, tiveram que pôr todo mundo para fora, debaixo da chuva que começava a cair. Mas, na segunda-feira, o dia nasceu com ares de primavera radiosa. Pierre-Emmanuel e os amigos de Corte instalaram o equipamento ao ar livre e começaram a afinar os instrumentos. Matthieu bebia uma taça de vinho rosê ao sol, espiava Izaskun arrumando as mesas e erguia a taça em sua direção. Ela respondia com um breve aceno, com o esboço de um beijo. Era sua irmã, sua terna irmã incestuosa. Via um dos sujeitos de Corte declamando alguma tolice ao ouvido de Izaskun, ela ria, mas ele não sentia ciúme, não se importava com o que ela quisesse fazer com o sujeito, era sua irmã, não era sua esposa, e ela voltaria, ninguém podia lhe tirar nada, e Matthieu desfrutava um terrível sentimento de superioridade, como se o tivessem alçado a alturas em que ninguém mais pudesse lhe causar dano. Era espantoso que sua felicidade fosse tão inalterável, e ele bebia o vinho sob o calor do sol de primavera. No dia seguinte, pôs-se a caminho com Libero. Confiaram as chaves do bar a Bernard Gratas, deram um beijo nas garotas e partiram para Ajaccio, dando adeus e gritando

— Juízo! Só não chutem o pau da barraca! Até semana que vem!

Na estrada, falaram do que fariam em Barcelona, precisavam relaxar, eles mereciam, e chegaram em Campo dell'Oro uma hora e meia antes da decolagem. Instalaram-se no bar do aeroporto e beberam uma cerveja, depois outra, e a conversa foi secando aos poucos. Terminaram por ficar completamente calados. Já estavam chamando os passageiros do voo para Paris, mas ainda restava meia hora, não havia pressa, e os dois pediram uma última cerveja. Matthieu contemplava as pistas de decolagem e sentia a garganta seca. A barriga fazia um gargarejo desagradável. Deu-se conta, de repente, de que fazia quase dez meses que não se distanciava mais de quinze quilômetros do lugarejo. Ajaccio ficava no fim do mundo. Nunca permanecera tanto tempo no mesmo lugar. Agora, a perspectiva de decolar rumo a Paris parecia temível, para não falar de Barcelona, tão longínqua que parecia meio irreal, um lugar de brumas e lendas, o equivalente terrestre do planeta Marte. Matthieu sabia muito bem que aquele medo era grotesco, mas era incapaz de lutar contra ele. Olhava para Libero, que olhava fixo para o copo, os dentes cerrados, e viu que ele sentia o mesmo medo, eles não eram deuses, apenas demiurgos, e o mundo que haviam criado agora os detinha sob a autoridade de seu reino tirânico, uma voz insistente anunciava que os passageiros Libero Pintus e Matthieu Antonetti eram chamados com urgência, antes do fechamento das portas, e eles perceberam que o mundo que haviam criado não os deixaria partir, continuaram sentados, ouviram a última chamada e, quando o avião decolou, levantaram-se em silêncio, pegaram as mochilas e voltaram ao mundo a que pertenciam.

“Para onde irás fora deste mundo?”

Era uma aurora resplandecente, de uma luz brutal, que ofuscou a memória dos homens e confiou suas lembranças dolorosas ao refluxo das trevas que se dissipavam, levando-as consigo. No alto da cúpula de Saint-Isaac, o Cristo Pantocrator segura entre as longas mãos brancas a ogiva de um obus que não explodiu e flutua no ar como uma pluma de pomba. É preciso viver e tratar de esquecer rápido, é preciso deixar que a luz borre o contorno dos túmulos. Ao redor da abadia de Monte Cassino, as longas tranças dos soldados marroquinos surgem da terra como flores exóticas, acariciadas com ternura pela brisa suave do verão, nas praias da Letônia, as ondas cinzentas do Báltico poliram os ossos das crianças enterradas na areia e criaram estranhas joias de âmbar fóssil, nos bosques ensolarados, de onde Sulamita não voltará para o rei que clama por ela em vão, esvoaça o pólen de seus cabelos de cinza, a terra verdejante empanturrou-se de tecidos e carnes estraçalhados, está repleta de cadáveres e repousa com todo o seu peso sobre o arco de seus ombros fraturados, mas a aurora resplandecente rompeu, e, sob o brilho de sua luz, os cadáveres esquecidos não são mais que o húmus fértil do mundo novo.

Como Marcel teria conservado a lembrança dos mortos se, depois da lenta gestação da guerra, este mundo abria pela primeira vez diante dele as perspectivas de caminhos luminosos? Todos os vivos eram convocados à tarefa exaltadora da reconstrução, e Marcel estava entre eles, tomado de vertigem diante das infinitas possibilidades, pronto para pegar a estrada, os olhos feridos pela luz, inteiramente voltado para um futuro que enfim abolira a morte. O mundo novo recrutava seus agentes para mandá-los colher nas colônias a matéria necessária à edificação de seu corpo ávido e curioso, e eles extraíam das minas, das selvas e dos planaltos tudo o que reclamava sua insaciável voracidade. Antes de partir para a África Ocidental Francesa, lá onde corriam outrora os rios do sul, Marcel decidiu que sua nova dignidade de futuro funcionário exigia que ele escolhesse uma esposa. Havia no lugarejo várias moças em idade de se casar, e Marcel pediu ao irmão, que esperava em pleno ócio que o chamassem de volta à Indochina, que investigasse discretamente com as famílias para saber quais eram suscetíveis de responder afirmativamente a um eventual pedido. Já no dia seguinte, Jean-Baptiste veio prestar contas dos resultados de sua missão, deixando claro que um excesso de zelo havia infelizmente anulado todas as veleidades de discrição. Ele começara a investigação no bar, conversando com o irmão mais velho de uma moça de boa família. Os dois logo criaram a mais viva simpatia mútua, a ponto de se embebedarem juntos e de caírem um nos braços do outro quando Jean-Baptiste, tomado de uma inspiração súbita, pedira oficialmente a mão da irmã em nome de Marcel, que agora se via numa situação tão mais delicada, uma vez que, feliz da vida, o irmão da moça apressara-se a anunciar a boa-nova aos pais, acompanhado de um Jean-Baptiste com as emoções à flor da pele. Não podiam nem pensar em fazer uma ofensa grave àquelas pessoas, alegando um mal-entendido, a humilhação podia torná-las violentas, e Marcel teve que aceitar a jovem esposa que lhe ofereciam conjuntamente o destino e a excessiva sociabilidade do irmão. A moça tinha dezessete anos, e sua beleza tímida consolou Marcel até ele se dar conta, depois de alguma conversa, de que ela era de uma burrice quase angelical, maravilhando-se com tudo e lançando sobre o marido um olhar tão repleto de admiração que Marcel oscilava sem parar entre a beatitude e a irritação enquanto o barco que os levava à África passava pelo rochedo de Gibraltar e fendia as águas do Atlântico. Debruçada na amurada, ela oferecia sua inocência a ventos desconhecidos e saboreava com a ponta da língua o sal das brumas geladas que a faziam rir e tremer de frio e refugiar-se de repente nos braços de Marcel, e ele não sabia se devia lhe passar um pito por oferecer-se assim em espetáculo ou se devia agradecer por esses ímpetos infantis, hesitava por um instante, constrangido e sem jeito, mas acabava sempre por abraçá-la com todas as forças, sem medo nem repulsa, pois a esposa tinha o corpo morno e diáfano de um anjo antes da Queda, miraculosamente vindo de uma época que ainda ignorava os miasmas do pecado e as epidemias. Pelas escotilhas, os litorais longínquos tornavam-se mais e mais selvagens, grandes árvores retorcidas inclinavam-se sobre as ondas na foz de rios imensos que traçavam sobre as águas verdes do oceano longos arabescos de lama, o calor tornava-se sufocante, e Marcel passava quase todos os dias na cabine, na cama com a mulher, ele a deixava ficar de joelhos, por cima de seu rosto, as mãos apoiadas na parede, ofegante e sorridente atrás do véu dos cabelos desfeitos, ele a deixava olhar e passar as mãos, com uma curiosidade de menina, as sobrancelhas franzidas, tocando cada parte de seu corpo como para ter certeza de que ele não era um fantasma que logo se desfaria na luz, ele a deixava instalar-se em sua própria nudez, sentada de pernas cruzadas num canto da cama, sem pudor, e se arrastava até ela para pousar a cabeça em suas coxas e dormir por um instante, liberto da puta de Marselha, pois as carícias da jovem esposa tinham extraído de suas veias as últimas gotas do veneno que o infectava, e ele já não tinha medo de nada. Os corpos deixavam de ser depósitos de purulências em cujo fundo espreitavam obscuros demônios maléficos, e Marcel teria sido perfeitamente feliz se não fosse tomado de preocupação a cada vez que tinha de comparecer às refeições com a esposa, temia sempre que alguém fizesse a ela uma pergunta anódina, à qual ela responderia de modo tão ignorante que toda a mesa ficaria em silêncio, a menos que ela não respondesse nada e abrisse uma boca redonda de surpresa antes de baixar os olhos e soltar um cacarejo, e era um suplício quando ela lhe falava em público, ele tinha vergonha de que ela se dirigisse a ele em corso, aquele linguajar ridículo cujas sonoridades insuportáveis ele não conseguia expulsar, ao mesmo tempo que ficava aliviado porque ninguém entendia o que ela dizia, e Marcel esperava a hora em que poderiam fechar de novo a porta da cabine e voltar a uma intimidade capaz de pôr termo a seus rancores e tormentos. Assumiu suas funções de redator nos escritórios da administração central de uma grande cidade africana que se parecia mais com um amontoado inverossímil de barracos e de lama do que com uma cidade com que ele pudesse sonhar, pois o mundo teimava em contrariar seus sonhos no exato instante em que se tornavam reais. Nas ruas, os perfumes eram tão violentos que até mesmo as frutas maduras e suas flores pareciam exalar essências deletérias de putrefação, Marcel tinha sempre que reprimir a náusea quando, no aparato de seu traje de linho, deambulava entre homens e animais em meio aos quais flutuavam eflúvios de carnes exóticas e selvagens, transportados pelo roçar dos tecidos de estampas coloridas, e o contato com os nativos lhe causava cada dia mais repulsa, não estava ali para lhes trazer uma civilização que ele mesmo só conhecera de longe, de orelhada, na voz de seus próprios senhores, e sim para cobrar uma dívida antiga, cujo pagamento fora adiado por muito tempo, estava ali para viver a vida que merecia e que sempre se furtara a seu abraço. Não punha suas esperanças em Deus, mas nos estatutos da função pública, boa-nova anunciada havia pouco a todos os filhos da República e que lhe permitiria, sem passar pelos bancos da Escola Colonial, ascender na hierarquia até onde conseguisse e extrair-se enfim ao limbo que de fato não pudera deixar para trás ao nascer. Estudava para os concursos ao mesmo tempo que se livrava dos estigmas hediondos de seu passado, a postura, os modos, o sotaque, sobretudo, e forçava-se a tornar sua fala átona e límpida, como se tivesse sido criado nos jardins de uma propriedade da Touraine, afetava pronunciar o sobrenome com o acento na última sílaba, controlava escrupulosamente a oclusão das vogais, mas, para seu desespero, teve que se resignar a continuar pronunciando um *r* vibrante, pois sempre que tentava um som mais gutural não chegava a produzir mais que um lamentável gargarejo, um ronronar de felino ou o estertor rouco de um moribundo. Jeanne-Marie escrevia para anunciar a partida de André Degorce rumo à Indochina com um regimento de paraquedistas, falava de seus temores, da felicidade com o nascimento da filhinha, relatava com minúcia o declínio dos pais, e cada uma de suas cartas devolvia Marcel ao pecado inexpiável de suas origens, por mais que agora se sentisse tão à vontade nos escritórios da administração quanto nos jantares de seus superiores, aos quais comparecia sozinho, com medo que a presença da esposa rompesse o bruxedo frágil que o arrancava de si mesmo, e ela o esperava em casa, bem abrigada na cidadela feliz de sua inocência, alegre e imutável. Ela se recusava a aprender o que quer que fosse, obstinando-se a falar corso e a ajudar a criada malinqué nas tarefas da casa, apesar das reclamações de Marcel, que ela calava cobrindo-o de beijos e carinhos, e ela o despia em pé antes de puxá-lo para a cama, em que ele se deitava com os braços em cruz enquanto ela fechava de novo os véus do mosquiteiro. Ele a admirava, soprava de leve em seus seios úmidos, beijava-a nas dobras da virilha, na boca, nas asas do nariz, nas pálpebras, e um dia ficou surpreso com a barriga redonda sobre a qual repousava. Ela disse que engordara um pouco, sentia os vestidos meio apertados, estava comendo demais, ela sabia, e ele perguntou, corando, quando tinham vindo as últimas regras, mas ela não sabia, não prestara atenção, e ele a apertou em seus braços, apertou e levantou todinha, com a burrice angelical, o riso e os ecos da língua bárbara que ele não queria mais, e se deixou levar por uma felicidade absurda, uma felicidade animal que ele não entendia, mas que não pedia para ser entendida nem exigia que lhe atribuíssem um sentido. Ela estava grávida de seis meses quando Marcel, bem-sucedido num concurso interno, foi promovido a administrador, não propriamente de um círculo infernal, mas de uma circunscrição longínqua do cadastro colonial. Era o rei de um imenso território úmido, povoado de insetos, negros, plantas selvagens e animais ferozes. A bandeira francesa panejava feito um trapo molhado na ponta de um mastro plantado no frontão de sua residência, a alguma distância de uma aldeia miserável de casebres construídos às margens de um rio lamacento, ao longo do qual as crianças guiavam com uma corda as coortes de velhos cegos que desfilavam sob o céu de um branco tão leitoso quanto seus olhos mortos. Os vizinhos eram um policial cuja inclinação para o álcool afirmava-se um pouco mais a cada dia, um médico já alcoólatra e um missionário que dizia a missa em latim diante de mulheres de seios nus e que tentava fascinar um auditório recalcitrante repetindo a história do Deus que se fizera homem e morrera escravo para a redenção de todos. Marcel esforçava-se para não deixar apagar o fogo da civilização, de que eles eram as únicas vestais, e os jantares eram servidos por criados nativos vestidos feito mordomos, que depositavam a louça brilhante sobre toalhas brancas impecavelmente engomadas, e ele deixava que a esposa se sentasse à mesa porque, naquela farsa que ele sabia estar encenando com seus pobres comparsas, as convenções sociais, as gafes e o ridículo não significavam mais nada, e ele não queria mais se privar, em nome disso, daquela mulher que agora constituía sua única fonte de alegria. Sem ela, a amargura do sucesso social teria sido intolerável, e ele teria preferido ser o décimo ou o vigésimo dos homens em Roma, a governar assim um reino de desolação bárbara nos confins do Império, mas ninguém jamais lhe ofereceria tal alternativa, pois Roma não existia mais, fora destruída havia muito tempo, restavam apenas reinos bárbaros, uns mais selvagens que outros, aos quais era impossível escapar, e quem escapava à própria miséria não podia esperar mais do que exercer seu poder inútil sobre homens mais miseráveis que ele, como agora fazia Marcel, com a obstinação impiedosa de quem conheceu a miséria e não lhe suporta mais o espetáculo repulsivo e não cessa de vingar-se na carne dos que lhe são afinal tão semelhantes. Talvez cada mundo não seja mais que o reflexo deformado de todos os outros, um espelho longínquo em que a sujeira parece brilhar como diamante, talvez não haja mais que um único mundo, do qual é impossível fugir, pois as linhas de seus caminhos ilusórios acabam por se cruzar aqui, ao lado da cama em que agoniza a jovem esposa de Marcel, uma semana depois de ter trazido ao mundo seu filho Jacques. Ela começou a reclamar de dores na barriga e logo foi tomada por uma febre que foi impossível baixar. Ao fim de alguns dias, na falta de antibióticos, o médico tentou concentrar a infecção num abscesso de fixação. Levantou o lençol encharcado, inclinou-se sobre a jovem mulher doente e levantou a camisola até as pernas, Marcel inclinou-se também, sentiu o bafo quente do uísque na respiração do médico e observou suas mãos trêmulas que aplicavam uma injeção de essência de terebintina na coxa da mulher, deixando sobre a pele um minúsculo ponto vermelho do qual Marcel não tirou os olhos durante dias e noites a fio, espreitando o momento em que todas as veias do corpo da esposa juntariam ali o veneno que a estava matando, e ele suplicava que lutasse como se, pela magia de sua vontade, ela tivesse o poder de forçar seu corpo sem forças a salvar-se, mas a pele branca da coxa continuou terrivelmente sã e lisa, nenhum abcesso jamais chegou a se formar, e Marcel sabe que ela vai morrer, sabe e espera, abraçando o rosto em chamas, que ela ao menos não saiba, espera que a simplicidade angelical a preserve até o fim, mas ele se engana, pois a simplicidade não pode nada contra o desespero, e ela chora em meio à febre, clama pelo bebê, faz carinhos e dá beijos e se agarra ao pescoço de Marcel, dizendo que não quer, não, não quer deixá-los, ainda quer viver, mas adormece de repente e acorda aos prantos, tem medo da noite, não há o que a console, e Marcel abraça-a com firmeza, sem poder arrancá-la à corrente que a arrasta irresistivelmente rumo à noite que lhe mete tanto medo, ela está esgotada de tantos tremores e lágrimas e, por fim, se deixa levar pela corrente que a arrebata e a despeja, imóvel e fria, no sudário dos lençóis desarrumados. O rosto deformado pelo terror é agora um manequim de cera em que Marcel não reconhece mais a moça risonha de quem ele amava tanto a inocência e o despudor, e, por um instante, ele é tomado pela esperança de que alguma coisa dela, um sopro débil e delicado, um espírito levíssimo, tenha abandonado o escândalo deste corpo enrijecido para encontrar refúgio num lugar de luz, de doçura e de paz, mas ele sabe que não é verdade, dela só resta um cadáver cujas formas vão já se decompondo, e é sobre essa relíquia que Marcel, por sua vez, deixa correr as lágrimas. Durante o enterro, ele pensa na família, que ainda ignora seu luto, ele bem que gostaria que a mãe, conhecedora das obras da morte, estivesse a seu lado em vez do policial e do médico que titubeia sob a chuva tropical, enquanto a voz desabusada do missionário desfia alguns salmos à beira da fossa inundada. Quando a lápide é posta, Marcel fica sozinho por um longo momento e volta para junto do filho, que mama de olhos fechados no seio negro da criada malinqué. Ele detesta o bebê, detesta o lugar, vota a ambos um ódio implacável por terem se coligado para levar-lhe a mulher, recusa-se a ouvir o médico que se queixa da falta de antibióticos, pois Marcel precisa encontrar um culpado e não quer saber de justiça, como não quer saber de lógica quando teme que este lugar detestável leve embora seu filho detestável, que ele não quer perder, por mais que o reprove constantemente por ter nascido em vez de ter continuado no limbo de onde ninguém quisera tirá-lo, e basta uma pequena brecha entre os véus do mosquiteiro do berço para lançar Marcel na angústia mortal de dar com o filho devorado pelos insetos monstruosos que se abrigam nas profundezas sufocantes da noite africana, são tantos os olhos fosforescentes, são tantas as coisas que se apinham num formigar informe e cobiçam a carne de Jacques para nela enterrar suas mandíbulas venenosas ou depositar suas larvas, que Marcel pressente que não terá como defendê-lo e escreve uma longa carta para Jeanne-Marie, minha querida irmã, eu não terei como defendê-lo contra o horror medonho destes climas de animais pululantes, não quero que ele morra como a mãe e não quero que ele cresça sem ela, permita que Jacques encontre uma mãe e ganhe uma irmã na pequena Claudie, sei bem a dimensão do que estou lhe pedindo, mas eu suplico, para quem eu poderia me voltar senão para você, que nunca mediu afeto, e quando Jeanne-Marie disse um sim comovido, ele esperou que uma licença lhe permitisse voltar à França para confiar Jacques à irmã. Chora ao voltar sozinho para a África, de culpa, talvez de tristeza, quem sabe, mas sente no fundo da alma o alívio imenso, equívoco, por ter conseguido ao mesmo tempo salvar o filho e livrar-se dele. De volta a seu purgatório, retomou o longo périplo monótono das rondas de inspeção pelo interior, passando por aldeias onde o esperavam, por ordem de tamanho, fileiras de crianças embrutecidas a que atribuía uma vaga data de nascimento, a fim de atualizar o registro civil, e fazia justiça com os gestos cansados de um deus deposto, anotando minuciosamente os detalhes de conflitos ineptos que os envolvidos narravam desesperados em peúle, em susu, em maninka e em todas as línguas de miséria e de barbárie cuja sonoridade ele não suportava mais, forçando-se contudo a ouvir até o final para proferir sentenças equânimes, capazes de restabelecer o silêncio benfazejo que ele almejava, e, durante a colheita do algodão, ele fustigava sem piedade a cupidez dos comerciantes belgas que adulteravam as balanças e rejeitava com desprezo as ofertas de propina, não porque se importasse com os interesses dos plantadores negros, mas porque a probidade constituía seu único quartel de nobreza, ele mantinha com um rigor inflexível as contas das coletas de impostos e, ao cair da tarde, sentado ao lado do médico, lamentava que a úlcera o impedisse de embebedar-se também, para escapar às ameaças da noite. Jeanne-Marie escrevia que Jacques crescia e pensava muito no pai, ela não tinha notícias de André Degorce depois da queda de Dien Bien Phu, mas estava confiante, pois Deus não faria a crueldade de lhe tirar dois esposos, o Império desmoronava lentamente, Jeanne-Marie escrevia que o Viet Minh libertou André, estou tão feliz, Jacques pensa em você e manda um abraço, está crescendo tão rápido, André logo vai partir para a Argélia, e Marcel invejava a vida aventurosa do cunhado que contrastava tão dolorosamente com o vazio da sua, Marcel não via o Império desmoronando, nem sequer ouvia os estalos surdos das fundações abaladas, pois estava inteiramente concentrado no desmoronamento do próprio corpo, que a África aos poucos contaminava com sua podridão vivaz, contemplava o túmulo da mulher, sobre o qual cresciam plantas que ele cortava a golpes vingativos de facão, e Marcel sabia que logo se juntaria a ela, pois o demônio da úlcera, nutrido pela umidade tórrida, torturava-o com um vigor sem igual, como se a sua intuição demoníaca o fizesse adivinhar que lá fora, no ar espesso e corrompido, um sem-número de aliados estava à espreita para ajudá-lo a concluir seu lento labor de demolição, e Marcel ficava de olhos bem abertos para a noite, ouvia os gritos das presas, ouvia o corpo de algum desavisado que dormira ao léu deslizando sobre a areia quando os crocodilos o arrastavam devagar para seus abatedouros aquáticos, ouvia o brusco estalar das mandíbulas que espalhavam feixes de lama e sangue e, no próprio corpo revirado, ele sentia os órgãos que se precipitavam, esfregando-se uns nos outros, girando na órbita do demônio que erguia a mão no fundo de seu ventre, imóvel como um sol negro, eram flores que projetavam a ponta de seus botões nos alvéolos de seus brônquios, eram raízes em filamentos que avançavam por suas veias até a extremidade dos dedos, eram guerras terríveis que se travavam no reino bárbaro em que se transformara seu corpo, com gritos selvagens de vitória, com massacres de vencidos, todo um povo de assassinos, e Marcel perscrutava seu vômito, sua urina, suas fezes, com o medo pânico de descobrir pencas douradas de larvas, de aranhas, de caranguejos ou de cobras, e esperava a hora de morrer sozinho, transformado em podridão antes mesmo de morrer. Mantinha um diário íntimo de sua doença, anotava escrupulosamente todos os sintomas, as dificuldades para respirar, as misteriosas manchas vermelhas no cotovelo e na virilha, as diarreias e as constipações, a palidez inquietante do membro viril, as coceiras, a sede, ele pensava no filho que não voltaria a ver, pensava na jovem esposa com as coxas sobre seu rosto, e então ela lhe parecia tão viva que Marcel a desejava com paixão, e então anotava delírio, priapismo, necrofilia, nostalgia letal, antes de se aproximar sem barulho da criada malinqué que espanava os móveis da sala, levantar sua saia e possuí-la sem dizer palavra, movendo os braços como se fossem as asas de um abutre em cima de um cadáver imperturbável, e ele só parava quando a vergonha do gozo o empurrava para trás e o deixava encostado na parede, as calças na altura das canelas, os olhos fechados de horror e o sexo sacudido por espasmos ignóbeis, que a criada malinqué acalmava, limpando-o feito uma criança, com um pano molhado em água morna, o mesmo que ela usava depois para enxugar a pequena poça de sêmen cinzento nas lajotas. Mas Marcel continuava vivo, pois as potências que o assediavam eram as da vida, não as da morte, uma vida primitiva e elementar que engendrava indiferentemente flores, parasitas e vermes, uma vida porejante de secreções orgânicas, até o pensamento poreja do cérebro como uma ferida que cria pus, não havia alma, apenas fluidos regidos pelas leis de uma mecânica complexa, fecunda, insensata, cristalizações amarelentas de bile calcificada, geleia rosa dos coágulos nas artérias, suor, remorso, soluço e baba. Uma noite, ouviu um barulho no terraço, um barulho de cadeiras caídas, seguido de batidas erráticas, e, quando abriu a porta, Marcel deu com o médico apoiado no batente, tremendo de febre e dizendo me ajude, por favor, não estou vendo nada, estou cego, me ajude, e, quando o médico ergueu os olhos, Marcel viu vermes que manavam das pálpebras e escorriam pelo rosto como se fossem lágrimas. Marcel instalou-o em sua própria cama durante os dez dias que durou o tratamento da filariose, ouviu-o gemer cada vez que os lençóis roçavam nos edemas dolorosos das pernas e dos braços deformados, ajudou-o a suportar os atrozes efeitos colaterais do Notezine, apesar do horror que lhe inspirava esse corpo que um monstruoso acesso de vida inflara e ameaçava rebentar com todos os seus pruridos, nódulos, abscessos que eclodiam com a putrefação das filárias sob a pele, olhos rubros e inchados, cegos, cegos como os de um feto. Quando o médico se restabeleceu, Marcel ficou aliviado ao vê-lo voltar para casa. Pediu à criada malinqué que desinfetasse tudo de alto a baixo, para voltar ao universo clínico e asséptico exigido pela expansão de suas angústias, lavava as mãos com álcool, esfregava as unhas até sangrar, anotava novos sintomas, tumores incipientes, septicemia, necroses, se bem que a única doença de que sofria fosse a terrível solidão que ele agora tentava romper enviando cartas cotidianas ao cunhado na Argélia, precisava confiar a alguém a certeza de sua morte próxima, precisava se abrir sem mesuras para renovar ao menos o esboço de uma relação humana, mesmo que o interlocutor único que escolhera não respondesse nunca, pois, no fundo dos porões de Argel, o capitão André Degorce, recluso e rouco, afundava-se lentamente no abismo da própria solidão, na companhia exclusiva de suas mãos cheias de sangue. Marcel voltou ao lugarejo para enterrar primeiro o pai, depois a mãe, não chorou por eles, a morte sempre fora a sua vocação, e ele se sentia quase feliz por eles, por terem respondido enfim a um chamado que, por muito tempo, tinham fingido não ouvir. Reviu as irmãs mais velhas, que mal reconheceu, reviu Jean-Baptiste e Jeanne-Marie e o filho que ele já não ousava abraçar e que também não parecia ter a menor vontade de ser abraçado. Marcel perguntou-lhe se tudo ia bem, e Jacques respondeu que sim, Marcel disse ainda que vivia longe dele, mas que o amava, e Jacques de novo respondeu que sim, e os dois ficaram calados até a hora de Marcel voltar para a África, onde o esperava uma promoção ao posto de governador de uma circunscrição. Despediu-se do médico, do missionário e do policial, companheiros transparentes de tantos anos inúteis, e partiu, na companhia da criada malinqué, levando consigo os restos mortais da esposa, que mandou sepultar ao lado da nova casa. Seis meses mais tarde, sem que Marcel tivesse percebido o que quer que fosse, o Império não existia mais. É então assim que morrem os impérios, sem que um frêmito se faça ouvir? Não aconteceu nada, o Império não existe mais, e Marcel sabe, ao tomar posse de seu escritório num ministério parisiense, que o mesmo vale para sua vida, na qual, de uma vez por todas, nada terá acontecido. Todos os caminhos luminosos se apagaram, um por um, o tenente-coronel André Degorce volta para casa depois de sua última derrota, para buscar nos braços da mulher a redenção que jamais lhe será concedida, e os homens voltam a cair pesadamente sob o campo de gravidade da terra natal e devoluta. Livre do peso das esperanças, o tempo corre, imperceptível e vazio, segundo o ritmo cada vez mais rápido dos enterros que chamam Marcel de volta ao lugarejo, como se sua única missão duradoura neste mundo consistisse em levar os seus à terra, um depois do outro, a mulher agora repousa na Córsega, mas está morta há tanto tempo que ele teme não ter depositado no túmulo mais que alguns pedaços de madeira cobertos de argila, as irmãs mais velhas vão morrendo, uma depois da outra, na ordem exata fixada pela sabedoria do registro civil, e, em Paris, o gosto da solidão vai ficando cada vez mais insípido, a garoa fria expulsou os insetos que põem seu ovos sob a pele das pálpebras translúcidas, à luz esbranquiçada do sol, como lacrou a mandíbula dos crocodilos, acabaram-se as lutas épicas, é preciso contentar-se com inimigos desprezíveis, a gripe, os reumatismos, as degenerescências, as correntes de ar no grande apartamento do VIII *arrondissement* em que Jacques se recusou a viver, sem querer dizer por quê, pois não tem como confessar que nutre uma paixão infame por quem deveria considerar uma irmã. Jacques tem quinze anos, Claudie tem dezessete, e Jeanne-Marie chora lágrimas amargas, contando que surpreendeu os dois horrivelmente nus e abraçados no quarto de sua infância, ela se censura pela ingenuidade, pela cegueira irresponsável, bem sabia que os dois se amavam com um amor que ela julgava terno e fraternal, sabia que os dois não gostavam de se separar, mas não vira nenhum mal, ao contrário, ela se comovia tolamente, quando na verdade aninhava em seu seio dois animais lúbricos, a culpa era toda sua, ela prefere nem saber quando começou essa abominação, os dois nem têm vergonha de sua imoralidade, Claudie levantou-se diante dela, nua e suada, e lançou-lhe um olhar de desafio que nada pôde baixar, nem os apelos, nem as sovas, Jacques foi mandado para uma pensão católica, e Claudie não dirige mais a palavra aos pais, diz que os detesta, o tempo não vence sua determinação incestuosa, uma troca de cartas ignóbeis e secretas é interceptada, Claudie não lhes poupa nada, por anos a fio, ela lhes impõe todo dia suas lágrimas, seus gritos, seu silêncio histérico, Jacques foge da prisão a que o reconduzem à força, para lhe impor uma penitência inútil, até que o general reformado André Degorce, que de derrota entende bem, empunhe mais uma vez a bandeira da capitulação e faça que todos aceitem a inevitável abjeção dessas núpcias que o nascimento de Aurélie finalmente santifica, depois de alguns anos que os esposos vorazes consagraram a regalar-se com a própria carne, pois nem mesmo o egoísmo mais obstinado pode escapar ao ciclo imutável do nascimento e da morte. Marcel inclina-se sobre os berços de Aurélie, de Matthieu, sobre o oco sombrio das covas que se fecham sobre Jean-Baptiste e Jeanne-Marie, sempre na ordem exata fixada pela sabedoria do registro civil, e ainda sobre as mãos frias e sanguinolentas do general André Degorce, cujo coração deixara de bater muito tempo antes. Marcel está sozinho, e a hora da aposentadoria vem confirmar o que ele talvez tenha sempre sabido, nada aconteceu, as linhas de fuga são círculos secretos, cuja trajetória se fecha inexoravelmente e que o levam de volta ao detestável lugarejo de sua infância, com uma valise e, dentro da valise, sobre as roupas de lã e de linho, uma velha foto, tirada no verão de 1918, que fixou no sal de prata, ao lado da mãe e dos irmãos e irmãs, o rosto enigmático da ausência. O tempo agora é pesado, quase imóvel. À noite, Marcel passeia sua velhice de um cômodo a outro da casa vazia, em busca da jovem mulher burra e sorridente que ele não se consola de ter perdido, mas encontra apenas o pai, que o espera em pé na cozinha. Nenhum som jamais escapa a seus lábios esbranquiçados, e ele observa o filho caçula através dos cílios queimados, ele o observa como para censurar tantos encontros malogrados com mundos que não existem mais, e Marcel se abate sob o peso da reprovação, sabe que ninguém renovará sua juventude e não o deseja, pois de nada serviria. Agora que conduziu os seus de volta à terra, um depois do outro, a missão extenuante que cumpriu há de caber a outro, e ele espera que sua saúde sempre vacilante e inalterável seja afinal vencida, pois agora, na ordem fixada pelo registro civil, chegou sua vez de avançar sozinho para o túmulo.

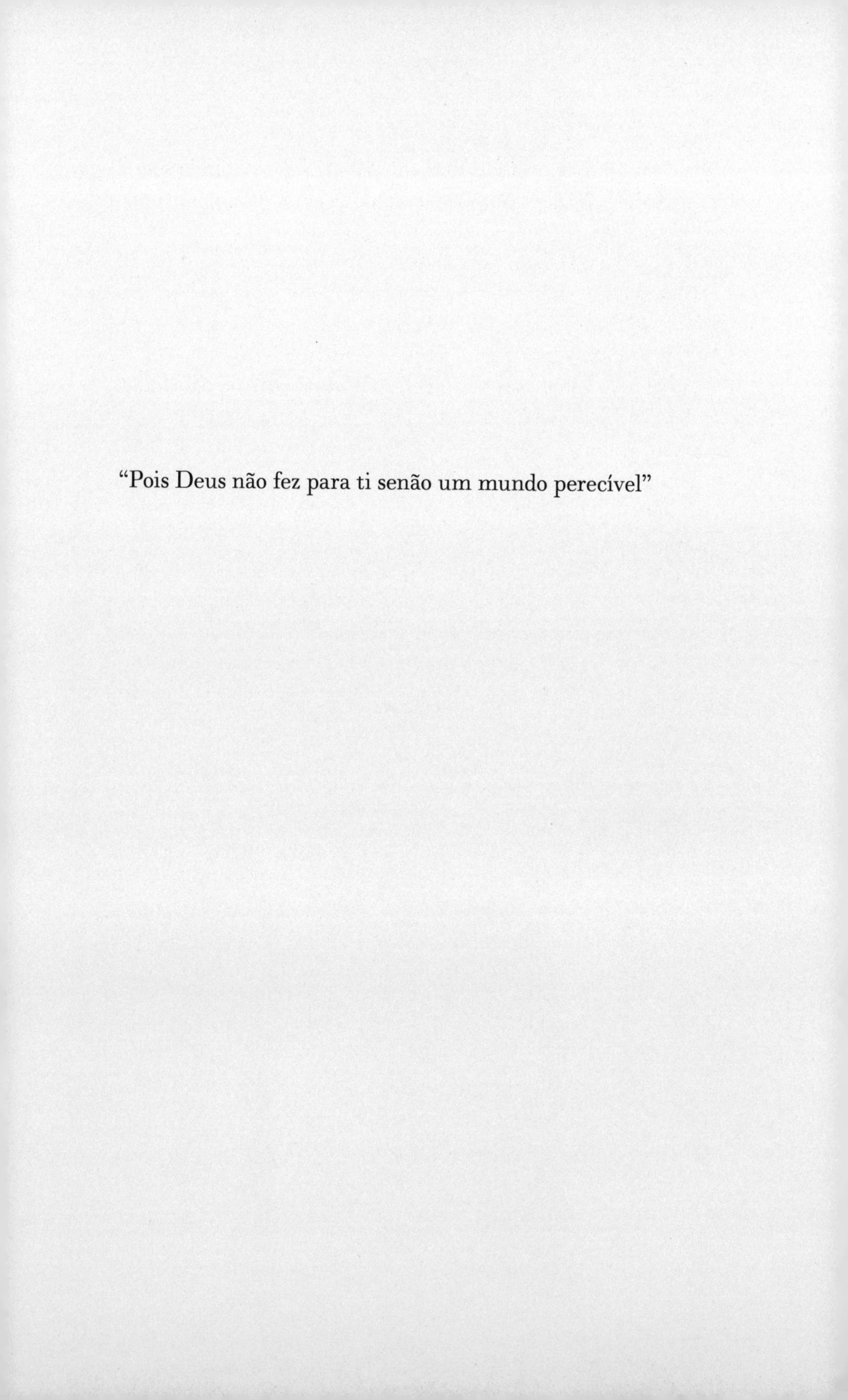

“Pois Deus não fez para ti senão um mundo perecível”

Neste lugarejo, os mortos vão sozinhos para o túmulo — não sozinhos, na verdade, mas sustentados por mãos estranhas, o que dá na mesma, e portanto é correto dizer que Jacques Antonetti tomou sozinho o caminho da cova, enquanto sua família, agrupada à saída da igreja, sob o sol de junho, recebia as condolências longe dele, pois o sofrimento, a indiferença e a compaixão são manifestações de vida, um espetáculo ofensivo que doravante deve ser ocultado ao defunto. Jacques Antonetti morrera três dias antes num hospital parisiense, e o avião que o trouxera para casa tinha pousado naquela manhã em Ajaccio, na mesma hora em que seu filho Matthieu deixava a cama das garçonetes e se dirigia ao bar para preparar um café. Libero já estava atrás do balcão, metido num terno, manejando a cafeteira, e Matthieu ficou grato por vê-lo acordar cedo e lhe fazer companhia.

— Você dormiu aqui?

Matthieu fez que sim com a cabeça. Quisera ter passado as últimas duas noites em casa, tivera mesmo a intenção na antevéspera, até tentara, mas o avô ficava sentado sem dizer nada nem dar por sua presença, a tal ponto que Matthieu também se sentara numa poltrona, o olhar fixo nas persianas fechadas, e quando a noite começou a cair ele tinha se levantado para acender alguma luz, mas o avô dissera

— Não,

sem se mexer, sem levantar a voz, dissera apenas

— Não,

para depois acrescentar

— Não está na ordem das coisas,

e fazer um sinal com a mão que Matthieu se apressou a interpretar como permissão para que fosse embora ou talvez até alguma coisa de mais definitivo e violento, um convite imperioso para tomar distância, imediatamente, de uma solidão que reclamava apenas o silêncio da noite, e Matthieu obedecera, livrara o avô de sua presença importuna, ao mesmo tempo que também se livrava, e não voltara mais para vê-lo. Libero serviu um café a Matthieu e veio sentar-se a seu lado, examinando-o da cabeça aos pés.

— Assim? Você vai assim ao enterro do seu pai?

Matthieu usava calças de brim limpas e uma camisa preta mais ou menos passada a ferro. Examinou os próprios trajes com um ar perplexo.

— Não está bom assim?

Libero aproximou-se e o segurou pelo pescoço.

— Não, não está. Você não pode enterrar o seu pai assim. Você está cheirando a suor, a perfume. Está fedendo. Está com uma cara que não dá. Vamos até a minha mãe, a primeira coisa é tomar um banho, depois você faz a barba, e a gente vai conseguir um terno, uma gravata, alguma coisa que caiba, e tudo vai dar certo, você vai fazer o que tem de fazer, tudo vai dar certo. Eu vou ficar com você. Vai dar certo, você vai ver, eu prometo.

Matthieu sentiu as lágrimas subindo aos olhos, mas elas se detiveram bem à beira de suas pálpebras secas e hesitaram por um momento, antes de refluir bruscamente. Respirou fundo, deu um abraço rápido em Libero e foi atrás dele, e duas horas depois, quando o carro fúnebre, seguido de um cortejo interminável, entrou no lugarejo ao som dos sinos que dobravam, Matthieu estava ao lado do avô, esperando em pé à entrada da igreja, perdido num terno bem maior que ele, com ordens de não desabotoar o paletó sob nenhum pretexto, a fim de dissimular as dobras desajeitadas das calças, sustentadas por um cinto na altura do umbigo. Libero fez um gesto com o polegar em riste, está tudo bem, e, de repente, na hora em que tiravam o caixão do carro fúnebre, uma multidão de gente ávida saiu dos outros carros e se precipitou sobre Marcel, para beijá-lo em meio a uma balbúrdia pavorosa, mulheres que ele não conhecia apertavam-no contra as rendas negras dos trajes de luto, seu rosto se melecava de lágrimas alheias, sentia odores violentos de água de colônia, de cremes e de perfumes baratos, e ele via com o canto do olho outros desconhecidos que distribuíam cotoveladas para se abater sobre Marcel, um funcionário da funerária gritava

— As condolências depois! Depois da cerimônia!,

mas ninguém lhe dava ouvidos, a multidão o encurralava contra a parede da igreja e o subjugava num abraço pegajoso, Marcel sentiu vertigens, entreviu a mãe, ela lhe estendia o braço e o chamava, mas foi agarrada por mãos sem mercê que queriam tocar a carne doída do luto, Aurélie chorava ao lado do carro fúnebre, também ela submersa numa onda compacta de compaixão voraz, as bocas úmidas contraíam-se bem antes do beijo, os dentes de ouro luziam de saliva quando os lábios se abriam, e Matthieu tinha a impressão de se dissolver numa sopa de calor humano, a camisa encharcada de suor, a pressão do cinto machucando a barriga, e tudo se acalmou de repente, a multidão abriu espaço para deixar passar o morto, carregado por Virgile Ordioni, Vincent Leandri e quatro irmãos de Libero, e Matthieu foi atrás, enfim de braço dado com a mãe, ao lado do avô e de Aurélie, fechando os olhos ao penetrar na igreja para receber a deliciosa carícia do ar mais fresco, enquanto, atrás do altar, Pierre-Emmanuel Colonna e os amigos de Corte entoavam o réquiem. Durante toda a cerimônia, Matthieu esteve à procura de sua própria dor, sem encontrá-la em lugar nenhum, observava a madeira trabalhada do caixão, o rosto mumificado do avô, ouvia os soluços misturados da mãe e de Aurélie, e nada acontecia, por mais que fechasse os olhos e se forçasse a pensamentos tristes, sua dor não respondia a nenhum chamado, às vezes passava bem perto, os lábios tremiam de leve, mas, na hora em que as lágrimas pareciam a ponto de correr, todas as fontes de seu corpo secavam, e Matthieu era devolvido bruscamente à atitude seca e impassível, em pé diante do altar, feito uma árvore morta. O padre agitou pela última vez o incensório ao redor do caixão, vozes suplicantes elevavam-se na igreja

Livra-me, Senhor, da morte eterna,

e o caixão balançava lentamente rumo à saída, Matthieu seguia atrás sabendo que andava atrás do pai pela última vez, mas não chorava, beijou o crucifixo com uma devoção que bem gostaria de não ter que fingir, mas nem o pai nem Deus estavam a sua espera naquela cruz, e ele não sentiu mais que o contato do metal frio nos lábios. As portas do carro fúnebre se fecharam. Claudie murmurou entre lágrimas o nome do marido, que era também o nome do irmão de sua infância, e Jacques Antonetti tomou o caminho do túmulo e o fez sozinho, conforme a lei do lugarejo, pois os estranhos que caminhavam a seu lado não faziam nenhuma diferença. As condolências foram intermináveis. Matthieu respondia maquinalmente

— Obrigado,

e esboçava um sorriso quando um rosto conhecido se aproximava. Virginie Susini estava radiante e o abraçou com tanta força que ele pôde sentir as lentas pulsações de seu coração saciado de morte. As garçonetes esperaram, sentadas numa mureta, que a multidão diminuísse para então se aproximar, e Matthieu teve que se esforçar para não dar um beijo na boca de Izaskun. Ao cabo de meia hora, restavam cerca de trinta pessoas, que foram à casa dos Antonetti, onde as irmãs de Libero serviram café, aguardente e biscoitos. As conversas começaram em voz baixa, aos poucos foram ficando mais altas, ouviu-se uma risadinha, e logo a vida voltou, impiedosa e alegre, como sempre, ainda que os mortos não devam sabê-lo. Matthieu saiu para o jardim com um copinho de aguardente. Num canto, Virgile Ordioni mijava sobre uma pilha de lenha. Por cima do ombro, virou para Matthieu os olhos vermelhos e inchados. Ficou todo constrangido.

— É que eu não queria perguntar onde fica o banheiro. Por causa da sua mãe, sabe?

Matthieu deu-lhe a bênção com um piscar de olhos. Temia o momento inevitável em que todos partiriam. Tinha medo de ficar sozinho com os seus, com quem não poderia nem partilhar a dor, pois a sua própria continuava fora de alcance. Ao pôr do sol, iriam juntos ao cemitério, a lápide seria fechada, arrumariam as coroas e os buquês de flores, e isso seria tudo que Matthieu veria, flores e pedra, nada mais, nenhum traço do pai que ele perdera, nem mesmo um traço de sua ausência. Talvez tivesse conseguido chorar, se entendesse a linguagem dos símbolos ou se tivesse ao menos feito um esforço de imaginação, mas não entendia nada e já não tinha imaginação, seu espírito chocava-se contra a presença concreta das coisas ao redor, além das quais não havia mais nada. Matthieu olhava para o mar e sabia que sua insensibilidade não era mais que um sintoma irrefutável da própria estupidez, ele era um animal estúpido que gozava a felicidade inalterável e limitada dos animais, e uma mão pousou sobre seu ombro, pensou que fosse Izaskun, que ela tivesse vindo a seu encontro no jardim porque sofria de vê-lo sozinho, porque sentia sua falta. Virou-se e deu com Aurélie.

— E então, Matthieu?

Ela o fitava sem cólera, mas ele baixou os olhos.

— Tudo bem. Nem estou triste.

Ela se aproximou dele e o tomou em seus braços.

— É claro que está, está triste, muito triste,

e a dor que ele perseguira em vão toda a tarde estava ali, nas palavras da irmã, longe do suporte inútil dos símbolos ou da imaginação, ela se abateu de uma vez sobre Matthieu, que rompeu em lágrimas feito uma criança nos braços da irmã. Aurélie acarinhou seus cabelos, deu-lhe um beijo na testa e o forçou a olhar para ela.

— Eu sei que você está triste. Mas não adianta nada, entende? Essa sua tristeza não serve para nada nem para ninguém. É tarde demais.

Em 15 de julho, ele recebeu uma carta de Judith Haller que anunciava o sucesso no exame de licenciatura, queria dividir com ele a alegria do momento, mesmo de longe, não esperava resposta, esperava que ele estivesse feliz — estava?, mas Matthieu não se fazia essa pergunta, olhava para a carta como se tivesse vindo de uma galáxia longínqua, porém estranhamente familiar, uma galáxia cuja radiação despertava nele os ecos confusos de uma outra vida. Pôs a carta no bolso e a esqueceu ali para abrir garrafas de champanhe em comemoração à partida de Sarah. Tinha se apaixonado por um criador de cavalos que acabara de convidá-la para morar com ele, para os lados de Taravo. Era um homem de uns quarenta anos que só se destacara, ao longo do inverno, pela sobriedade suspeita e pela obstinação com que, fosse qual fosse o tempo, vencia os quilômetros que separavam o bar e sua aldeia perdida no fim do mundo. Acomodava-se num canto do balcão, diante de uma água com gás, aparentemente absorto numa meditação misteriosa. Não olhava para as garçonetes, não tentava passar a mão nem fazia graça, chegando ao ponto de recusar com educação as carícias de Annie, e não havia como adivinhar quando e por quais meios ele começara a viver um idílio com Sarah, que agora vivia pendurada ao pescoço do sujeito e o cobria de beijos, forçando-o a beber champanhe. Pierre-Emmanuel cantava canções de amor com ênfase cômica na voz, punha o violão de lado para servir-se de alguma coisa e assanhava os raros cabelos de Virgile Ordioni, apontando para o casal feliz

— Está vendo, Virgile, quem sabe você também não acaba arranjando uma garota!,

e Virgile corava e ria e dizia

— Pois é! Quem sabe eu também, por que não?,

e Pierre-Emmanuel puxava-lhe a orelha, exclamando

— Ah, pilantra! Safado! Gosta da coisa, não é? Você é uma figura!,

e empunhava novamente o violão para contar, num *tremolo* só, a história de uma moça tão bonita que só podia ser afilhada de uma fada. Às duas da manhã, Sarah juntou os pertences, carregou tudo para o quatro por quatro enlameado do novo companheiro e foi dizer adeus. Rym abraçou-a, chorando, fazendo-a prometer que mandaria notícias de sua vida feliz, Sarah prometeu e derramou algumas lágrimas enquanto abraçava cada um dos que estava a ponto de abandonar, disse a Matthieu e Libero que tê-los encontrado fora a melhor coisa que já lhe acontecera, nunca esqueceria deles, seriam bem-vindos onde quer que ela estivesse, coisa que o criador de Taravo confirmou com um sinal de cabeça, e Matthieu a viu partir com uma emoção quase paternal, seguro de que sua sombra tutelar protegeria para sempre a vida de Sarah. Matthieu estava especialmente satisfeito consigo mesmo e ficou contrariado ao constatar que Libero não partilhava do mesmo estado de espírito, andava para cima e para baixo, isolava-se no terraço para confabular repetidamente com Vincent Leandri e destratava as garotas, que continuavam a se lamuriar feito bobas em vez de terminar o trabalho e ir choramingar lá na cama ou onde bem entendessem. Quando as garotas foram embora, Annie ofereceu-se para ficar mais tempo e atender algum eventual noctâmbulo. Libero fulminou-a com o olhar.

— Não! Você também pode dar o fora. Vá descansar de uma vez, você está com cara de não sei nem o quê.

Ela abriu a boca para responder alguma coisa, mas pensou duas vezes e saiu sem dar um pio, deixando Libero sozinho com Vincent Leandri e Matthieu, que parecia completamente perdido.

— É por causa da Sarah que você está assim, perdendo as estribeiras?

— Não. É por causa da Annie. Eu tenho certeza, essa safada está metendo a mão no caixa.

Desde o começo da temporada, Annie criara o hábito de ficar no bar depois do horário de fechamento, que o arbítrio de um decreto municipal fixara injustamente às três da manhã. Enquanto Libero e Matthieu voltavam para casa de arma na cintura, levando o faturamento do dia, ela continuava heroicamente sentada no banquinho atrás do balcão, pronta a servir os últimos bêbados que singravam a região em busca de um lugar acolhedor onde pudessem rematar sua viagem rumo ao coma alcoólico. Caso a polícia passasse, coisa improvável, ela podia alegar que o bar estava fechado e o caixa, encerrado, e que ela estava apenas desfrutando de uma reunião privada com alguns amigos íntimos. Só preparava as comandas no último minuto, quando tinha certeza de que não havia nenhum quepe fazendo a ronda. No começo, esse estratagema, que valia por um ato de resistência cívica diante da iniquidade do Estado, fez a alegria de todos: os bêbados errantes, tomados de gratidão, podiam agora contar com um ponto de apoio, a dedicação de Annie era recompensada com generosas gorjetas que se somavam ao pagamento das horas extras, e o faturamento do bar crescia. É bem verdade que às vezes Annie esperava em vão pelos clientes, e isso acontecia cada vez mais, mas Libero não desconfiou até que Vincent Leandri veio lhe dizer, por puro acaso, que uns amigos de Ajaccio tinham parado para tomar um trago no sábado anterior, saindo da boate, ao passo que Annie afirmara não ter atendido ninguém naquela noite. Libero perguntou a Vincent Leandri se tinha certeza quanto à data e o que tinham consumido os tais amigos e em que quantidade, com tanta insistência que Vincent ligou para cada um para que confirmassem a exatidão das informações. Libero ficou furibundo, e não havia o que o acalmasse, Vincent observou com um fatalismo eivado de sabedoria que as garçonetes bicam no caixa desde que o mundo é mundo, era uma lei da natureza, e o exortava em vão à indulgência, Matthieu repetia que não era assim tão grave, mas ele não lhes dava ouvidos, queria pilhar Annie com a mão na massa, era a única saída, sem o que ela negaria tudo, de cabo a rabo, a muito puta, a vagabunda, a safada sem-vergonha, e ele só se tranquilizou quando encontrou o meio de armar o flagrante que sua cólera vingadora reclamava. Depois de assegurar-se de que Annie não conhecia nenhum deles, recrutou na cidade um grupo de jovens e deu-lhes algum dinheiro, com a ordem expressa de gastarem até o último centavo no bar, na noite seguinte. Deviam fingir que estavam de passagem pela região, que não tinham intenção de voltar a pôr os pés ali e, sobretudo, deviam anotar tudo o que consumissem, para então prestar contas exatas da bebedeira a Libero, missão essa que foi cumprida com lealdade irreprochável. Dois dias depois, à tarde, quando Annie chegou para trabalhar, Libero estava a sua espera no bar, com um grande sorriso no rosto.

— Muita gente ontem à noite?

O sorriso se congelou por um instante quando Annie respondeu que sim, estendendo algumas notas e comandas misturadas. Libero contou-as e voltou a sorrir.

— Nem tanta gente assim.

Não, nem tanta, só dois sujeitos de Zonza que pararam por dois minutos para beber alguma coisa antes de voltar para casa, ela ainda esperou, mas acabou fechando às cinco da manhã, a noite fora longa, nem sempre valia a pena, mas tudo bem, e Libero começou a berrar, sem prestar atenção aos clientes que se sobressaltavam

— Vai continuar falando merda?

e berrou que sabia muito bem que ela tivera mais clientes, mas Annie respondia

— Não, não é verdade! Não!,

com um trejeito teimoso de criança, e Libero avançou para ela com os punhos cerrados, descrevendo cada um dos jovens e listando o que cada um tinha bebido e dizendo quanto tinham gastado, acumulando impiedosamente as provas, até que não restou a ela outro recurso senão cair em lágrimas e pedir perdão. Libero se calou. Matthieu pensou com alívio que o episódio estava encerrado, Annie estaria quite depois de uma bronca de primeira, devolveria o dinheiro e tudo recomeçaria como antes, ela mesma o dizia

— Fiz besteira. Vou reembolsar tudo. Não faço mais, juro que não faço mais.

Mas o silêncio de Libero não era de perdão, e ele não tinha a menor intenção de permitir que Annie saldasse a dívida.

— Não quero reembolso nenhum. Fique com tudo que pegou. Você vai subir até o apartamento agora mesmo, fazer as malas e sumir daqui. Não quero mais ver você. Fora daqui. Agora.

Annie suplicou, fez juras cortadas por soluços, os clientes iam todos se levantando e abandonando o salão para não testemunhar mais a cena, e Annie continuava a suplicar, tinha feito besteira, mas também tinha trabalhado direito, ele não podia fazer aquilo, para onde ela iria?, ele não entendia, ela era uma mulher de quarenta e três anos, ele não podia escorraçá-la assim, feito um cachorro, e ela repetia a idade, agora de joelhos, estendendo as mãos para Libero, que continuava imóvel e a media com um olhar de desprezo, quarenta e três anos, ele não entendia, ela faria tudo o que ele quisesse, tudo, e quanto mais ela chorava, mais Libero endurecia sob a couraça de ódio, como se aquela mulher caída no chão materializasse um mal absoluto em sua carne trêmula, um mal de que o mundo devia ser purificado a todo custo.

— Volto daqui a uma hora, e daqui a uma hora é melhor você não estar mais aqui.

Quando Libero saiu, ela se levantou, desnorteada, e Rym sustentou-a pelo braço para ajudá-la a subir até o apartamento. Matthieu não ousava olhar para ela, sentia um peso doloroso no peito, sem compreender sua natureza e origem, esperava apenas que a noite caísse e que a vida retomasse o curso, sem mais surpresas, pois voltara a ser uma criancinha que só se acalmava com a perpétua repetição do mesmo, longe dos pensamentos informes, dos vórtices que estorvavam seu espírito antes de rebentar feito bolhas na superfície de um brejo, esperava o sabor do álcool, aquela tensão constante que o mantinha desperto, os nervos expostos, numa tocaia sem objeto, e esperava o momento de ir para a cama, a pele de Izaskun e o olhar de Agnès, apesar do cansaço, apesar do fardo ácido dos hálitos carregados de champanhe, de gim e de tabaco, da saliva espessa que se colava aos dentes manchados, o sono viria mais tarde, apesar das pálpebras pesadas, apesar da estranheza daquele ímpeto para um corpo tão esgotado quanto o seu, que exsudava as mesmas toxinas entre os lençóis úmidos, e ninguém fecharia os olhos para um sono sem sonhos enquanto não se completasse o rito noturno prescrito pela lei deste mundo, que não era a lei do desejo, pois o desejo não contava nada, não contava mais que o cansaço ou a vulgaridade do gozo, e não se tratava ali senão de cada um manter o seu lugar numa coreografia que justificava o novo despertar na manhã seguinte e os mantinha em pé até tão tarde da noite. Cada mundo repousa assim sobre centros de gravidade derrisórios, dos quais depende secretamente todo o seu equilíbrio, e, enquanto Rym se instalava atrás do balcão, no lugar de Annie, Matthieu felicitava-se por ver que esse equilíbrio não fora afinal ameaçado, não sentia as sutis vibrações do solo em que ia se abrindo uma rede de fissuras densa como uma teia de aranha, não percebia a reticência amedrontada com que as garotas agora se aproximavam de Libero, por mais que ele se mostrasse relaxado e sorridente de novo, tudo ia da melhor maneira possível, Pierre-Emmanuel não parecia se alarmar com o sumiço de Annie, aprendera até uma canção basca para agradar Izaskun, e Matthieu não via os olhares negros que ele lançava para Libero por cima do equipamento de som, Izaskun confessava que não sabia uma palavra de basco, sorria e dizia que tinha crescido em Zaragoza, tudo ia da melhor maneira possível, Matthieu bebia e não percebia nada, mas como teria percebido alguma coisa, ele que ainda nem acreditava que o pai tinha morrido? Às duas da manhã, Pierre-Emmanuel dobrou o suporte do microfone, enrolou os cabos e guardou o violão. Libero entregou-lhe o cachê.

— Você podia ao menos ter falado comigo sobre a história da Annie, não podia?

Libero retesou-se como sob o efeito de um choque elétrico.

— Não se meta onde não é chamado, entendeu, seu imbecil? Não se meta.

Pierre-Emmanuel ficou parado por um instante, depois meteu o dinheiro no bolso e foi pegar o violão, dizendo

— É a última vez que você fala comigo nesse tom.

— Com você eu falo do jeito que eu quiser.

Pierre-Emmanuel saiu, cabisbaixo, e o bar ficou imóvel, em silêncio. Matthieu voltou a sentir o peso misterioso oscilar do peito ao ventre e perguntou a Libero qual era o problema. Libero deu um largo sorriso e encheu os copos.

— Com esses imbecis é assim mesmo. Se você dá uma de gentil, eles ferram com você, são uns imbecis, confundem gentileza e fraqueza, é complicado demais para eles, você tem que falar a língua que eles entendem, e aí sim eles entendem, pode acreditar.

Matthieu concordou e foi se sentar no fundo, levando o copo. Olhou para a noite lá fora com melancolia, pensando que talvez seus olhos não vissem a mesma coisa que os do amigo de infância. Tirou do bolso a carta de Judith Haller, releu e, sem dar pela hora, pegou o telefone.

Ao cabo de três horas de espera interminável, que não haviam diminuído em nada sua cólera, Aurélie foi recebida por um funcionário do consulado. As escavações estavam encerradas, não tinham encontrado a catedral de Santo Agostinho, mas ainda havia muita coisa por fazer, um dia eles a encontrariam, e o mármore da abside sobre o qual agonizara o bispo de Hipona, cercado de padres em oração, voltaria a brilhar sob os raios do sol. Aurélie convidara Massinissa Guermat para passar quinze dias com ela no lugarejo, e ele acabara de contar que seu pedido de visto fora recusado. Diante dos muros da embaixada, cobertos de arame farpado, desdobrava-se uma fila de trezentos metros em que homens e mulheres de todas as idades esperavam estoicos sua vez de saber que o dossiê que tinham em mãos não estava completo, faltava um documento que ninguém jamais pedira. Aurélie apresentou-se diretamente à guarita da segurança e fez valer sua condição de cidadã francesa para que a deixassem entrar, mas a recepcionista do consulado a fez pagar pelo privilégio concedido, pedindo que se sentasse numa poltrona e cuidando de esquecê-la ali. O funcionário usava uma camisa listrada de mangas curtas e uma gravata horrenda, e Aurélie compreendeu em poucos minutos que jamais receberia as explicações que viera buscar, ninguém consentiria em reexaminar o dossiê de Massinissa, pois não se tratava ali senão de exercer, com deleite repugnante, um poder que só se manifestava nos caprichos de seu arbítrio, o poder dos fracos e dos medíocres, do qual o sujeito da camisa de mangas curtas era o representante perfeito, com o sorriso idiota e presunçoso que dirigia a Aurélie do alto da cidadela inexpugnável de sua estupidez. Na escrivaninha ao lado, uma velha senhora de véu na cabeça segurava uma menininha no colo e se encolhia sob um dilúvio de impropérios, seu dossiê não estava nem pronto nem nada, estava sujo, ilegível, pronto para o lixo, e Aurélie teimava em lutar com as armas inofensivas da razão, Massinissa era doutor em arqueologia, titular de um cargo na universidade de Argel, achavam mesmo que fosse uma situação tão insatisfatória a ponto de fazê-lo pensar em abandonar tudo para ter a honra de trabalhar sem registro num canteiro de obras francês? Ela própria era assistente na universidade, achavam mesmo que ela dedicava o tempo livre a montar esquemas de imigração clandestina? Eram apenas alguns dias de férias, ao fim dos quais Massinissa voltaria direitinho para a Argélia, ela garantia, mas o sujeito de camisa de mangas curtas continuava imperturbável, e Aurélie tinha gana de enterrar-lhe no braço a tesoura que repousava sobre o tampo de couro da escrivaninha. Saiu do consulado num estado de fúria indescritível, tinha vontade de escrever ao cônsul, ao embaixador, ao presidente, para dizer que tinha vergonha de ser francesa e que a atitude dos funcionários com quem tratara era uma desonra tanto para eles como para o país que supostamente representavam, mas sabia que não adiantaria nada e resolveu voltar sozinha para o lugarejo, ao menos por uma semana, antes de reencontrar Massinissa em Argel, em agosto. Tinha urgência de ver a mãe e mais ainda o avô. Não podia abandoná-lo. Por mais que sofresse com a morte do pai, tinha certeza de que Marcel sofria bem mais, mais até do que ela chegava a conceber, está na ordem das coisas que os filhos enterrem os pais, e a inversão intolerável dessa ordem somava o escândalo à dor, Aurélie queria retomar os passeios vespertinos de braço dado com o avô e foi o que fez, piedosa, comovendo-se ao sentir que ele se apoiava nela, tão frágil e tão infinitamente velho. Quando ele se deitava, ela ia beber alguma coisa no bar, na falta de outras distrações possíveis. O rapaz do violão fizera progressos, a técnica vocal tinha melhorado, mas ele conservava um gosto lamentável por baladas xaroposas, de preferência italianas, cantava de olhos fechados, como para conter o fluxo considerável de suas emoções, antes de receber os aplausos com o ar modesto de quem não duvida merecê-los de sobra, e então dirigia-se ao bar com cara de quem não quer nada, com plena consciência dos olhares femininos que o seguiam, zombava de Virgile Ordioni, que se ria em sua inocência desarmada, e volta e meia Aurélie tinha vontade de lhe dar um tabefe com toda a força, como se o ambiente deletério que agora reinava no bar também a tivesse contaminado. Pois o ambiente realmente se tornara deletério, pairava no ar um perfume de tempestade, os homens no balcão espiavam os decotes das turistas, as coxas avermelhadas de sol, sem se preocupar com a presença dos maridos, obrigados a aceitar rodadas e mais rodadas, oferecidas não por gentileza, mas com o objetivo declarado de deixá-los bêbados de cair, Libero era obrigado a intervir o tempo todo, com todo o peso de sua jovem autoridade, quase fisicamente, e Matthieu parecia completamente entregue. Aurélie quase tinha dó do irmão, que fazia uma cara de criança e, no fundo, não era mais que uma criança, exasperada e vulnerável, que só sabia se proteger da ameaça dos pesadelos buscando refúgio num mundo ideal de sonhos pueris, um mundo açucarado de heróis invencíveis. Na véspera de partir, Aurélie conheceu Judith Haller, que Matthieu convidara para as férias. Ele a acolhera metendo a arma no cinto bem diante de seus olhos, na hora de fechar o bar, e interpretando o olhar consternado da moça como uma homenagem admirativa e silenciosa à sua virilidade. Feliz em seu papel de dono de bar, ele ofereceu um drinque a Aurélie e a Judith, que ainda não chegara ao fim de seus sofrimentos, pois naquela mesma noite coube a ela assistir a um espetáculo particularmente rico em decibéis e secreções lacrimais. Judith bebia seu drinque e conversava com Aurélie quando um urro de animal ferido quase a fez pular da cadeira. No terraço, a cabeça entre as mãos, Virginie Susini chorava e soluçava, balançando-se para a frente e para trás, sem deixar ninguém chegar perto. Ao que parece, num incompreensível ataque de dignidade, Bernard Gratas acabara de recusar pela primeira vez a convocação ao acasalamento, exigindo de quebra, e com grande nobreza, que ela nunca mais o tratasse feito um porco, e Virginie, que primeiro ficara sem reação, tinha se precipitado bruscamente numa crise de histeria digna do grande anfiteatro da Salpêtrière, sem faltar nada, nem os espasmos, nem a tetania, nem mesmo o público atento e deliciado, e ela gritava que queria morrer, que já era um corpo sem vida, e gritava o primeiro nome de Gratas, gritava que precisava dele, notícia de primeira importância, se bem que inesperada e que conferia à cena todo o seu interesse dramático, ah, ela precisava dele, ela o desejava, por que ele não a queria?, era suja, era feia, queria morrer, e quando Gratas, surpreso mas comovido, aproximou-se dela e encostou a mão, ela pulou no seu pescoço e o beijou na boca sem parar de chorar, e ele retribuiu o beijo com tanto ardor que Libero teve que pedir secamente que fossem fornicar num canto qualquer e não no bar. Os últimos clientes trocaram comentários licenciosos, Virginie era uma louca e Gratas, um frouxo, um gaulês frouxo, era um fato consumado e todo mundo ria, mas Judith não, Judith não ria. Aurélie tentou tranquilizá-la.

— Nem todo dia é assim, eu acho.

No dia seguinte, Aurélie deu um beijo na mãe e no avô, prometendo voltar logo para visitá-lo, estava triste por deixá-lo, mas também sentia necessidade de respirar um pouco de ar puro e rever Massinissa. Pediu a Matthieu que tomasse conta do avô e desse um pouco de atenção a Judith, que Aurélie abandonou a seu destino incerto, desejando-lhe boas férias.

Já não conseguia lembrar por que ligara para ela no meio da noite para convidá-la a vir visitá-lo. Talvez quisesse provar que estava suficientemente distanciado do mundo que ela representava para não ter mais por que temê-lo ou evitá-lo, já não havia dois mundos, mas um só, que persistia em sua unidade magnífica e soberana, e esse mundo era o único a que Matthieu pertencia. Já não temia que Judith o levasse com ela ou reavivasse nele as sequelas dolorosas de uma antiga duplicidade, queria mostrar-se a ela tal como era, tal como se sonhava desde sempre, mas ela não o via. Ela falava como se ele não tivesse mudado, continuando conversas antigas cujo sentido Matthieu não compreendia mais, e aquilo era como conversar com um fantasma. Ela contava em detalhes o desdobrar das provas orais da licenciatura, o som da sineta no anfiteatro Descartes, a Sorbonne, tão familiar, de repente transformada em templo do sacrifício, com os oficiantes e as vítimas, a crueldade, os mártires e os milagres improváveis, ela temia a prova de alemão, tinha rezado para sortear Schopenhauer e quase desmaiou quando leu o nome de Frege no papel que acabara de tirar, mas a graça recaíra sobre ela, tudo lhe parecia familiar, como se o próprio deus da lógica estivesse debruçado por cima de seus ombros, e Matthieu aquiescia mecanicamente, por mais que não quisesse nem ouvir falar de Frege, de Schopenhauer ou da Sorbonne, pensava em Izaskun, com quem não podia mais dormir desde que se vira forçado a voltar à casa da família durante a estada de Judith, para não deixá-la entregue à companhia lúgubre da mãe e do avô, coisa que morria de vontade de fazer, e esperava com impaciência o instante abençoado em que a acompanharia até o avião. Por sua vez, ela não parecia lá muito feliz no lugarejo, não parava de propor projetos ridículos de excursões culturais, queria ir à praia, dizia que tinha medo de Virgile Ordioni e que o álcool lhe dava enxaqueca. Matthieu suportou essas manifestações evidentes de má vontade enquanto pôde atribuir a Judith a responsabilidade por estar assim tão infeliz. Uma noite, em tudo semelhante a todas as outras, Pierre-Emmanuel ficou sentado num canto do salão, sem razão aparente, enquanto as garotas limpavam tudo, e, quando terminaram, Izaskun virou-se para ele e os dois foram embora juntos. Uma lenta coluna de lava começou a mover-se nas entranhas de Matthieu. Ficou de olhos fixos na porta, como se esperasse vê-los voltar, e então Judith pousou a mão em seu braço.

— Você está apaixonado por aquela garota?

Era uma pergunta idiota, uma pergunta mal formulada, à qual ele não podia responder, pois acreditava que o amor e o ciúme não tinham nada a ver com a dor que agora ardia de modo insuportável, Izaskun era sua irmã, ele recordava, sua terna irmã incestuosa, não sentia a menor necessidade de marcar território publicamente como a maioria dos homens gosta de fazer, e ninguém teria podido pensar, observando-os, que houvesse alguma coisa entre os dois, e o que havia entre os dois senão a intimidade do sono compartilhado e o cumprimento do rito que assegurava a estabilidade do mundo? Em nome do que poderia sentir ciúme? E recordava: o que podiam lhe tomar que não terminasse afinal por voltar a suas mãos? Mas já não conseguia se sentir superior e invencível, as fundações do mundo estavam abaladas, as fissuras convertiam-se em gretas e, no dia seguinte, Izaskun passou o dia inteiro lançando olhares úmidos para Pierre-Emmanuel, interrompia o trabalho para ir dar um beijo e se colar nele, apesar das broncas de Libero, a que ela respondia murmurando obscenas maldições ibéricas, e Matthieu teve que admitir que estava perfeitamente tomado de amor e de ciúme, por mais que não reconhecesse mais sua irmã amada na felina apaixonada e ronronante que, noite após noite, exibia a inépcia de sua paixão, por mais que soubesse que ela não voltaria mais, e não conseguia deixar de pensar nas proezas sexuais de Pierre-Emmanuel, via imagens imprecisas, insuportáveis, ouvia os gritos que Izaskun jamais soltara com ele e descarregava toda a cólera sobre Judith, cuja chegada fizera soar o sinal do apocalipse. Ela era um corpo estranho, que o mundo tentava expulsar em bruscos acessos de violência caótica. Era o fim da plenitude e da harmonia. Calamidades sucediam a calamidades. Judith e Matthieu estavam esperando que Libero terminasse de fechar o caixa para ir tomar alguma coisa numa boate quando Rym apareceu no bar de calcinha e camiseta, com cara de puro pânico, todo o seu dinheiro sumira, um ano inteiro de gorjetas e economias, ela guardava tudo no cofrezinho escondido sob as roupas, ninguém sabia, só Sarah, e agora ela não o encontrava mais, já não lembrava com exatidão quando o vira pela última vez, falava dos projetos que nunca mais poderia realizar, dos sonhos de mulher jovem que nutrira sem que ninguém jamais tivesse perguntado com que ela sonhava, pedia socorro, queria vasculhar o apartamento, não queria acusar ninguém, mas tinha que haver um culpado, e se recusava a dar ouvidos a Libero, que dizia ser provavelmente em vão, precisavam vasculhar, vasculhar agora mesmo, e deixaram o apartamento de pernas para o ar, revirando as coisas de Agnès e Izaskun, que levaram muito a mal a dúvida lançada sobre sua honestidade, levantaram as caixas no estoque e embaixo do balcão, e nada, e Rym chorava e dizia que precisavam continuar procurando. Libero tentou argumentar, mas ela não queria dar ouvidos, e ele acabou por se enfurecer.

— Porra! É para isso que serve o banco, não é? O cara tem que ser meio imbecil para guardar dinheiro em casa! Acabou, esse dinheiro você não vê mais, entendeu? Pode ter sido qualquer um, qualquer um dos otários que vêm aqui trepar com vocês, quem sabe até fui eu, não importa, o fato é que esse dinheiro você não vê mais. Ponto.

Rym baixou a cabeça e se calou. Ninguém mais pensava em ir para a boate. A caminho de casa, Judith se deteve bruscamente e começou a chorar.

— O que foi? É por causa da Rym?

Judith balançou a cabeça.

— Não. É por você. Me desculpe. É que me dói ver você assim.

Matthieu recebeu sua compaixão como um insulto, o pior, na verdade, de que já fora vítima. Fez um esforço para manter a calma.

— Eu vou com você até o aeroporto. Amanhã.

Judith secou as lágrimas.

— Está bem.

Tinha certeza de que nunca mais voltaria a vê-la. Não sabia que logo compreenderia a que ponto aquelas palavras ofensivas transbordavam de amor, pois ninguém o amara nem jamais o amaria como Judith, e algumas semanas mais tarde, na noite de pilhagem e de sangue que reduziria o mundo a cinzas, ele pensaria em Judith, ele se voltaria novamente para Judith, sem ver as horas, logo depois de ligar para Aurélie. O mundo não sofria com a presença de corpos estranhos, mas com a podridão íntima, com a doença dos velhos impérios, e a partida de Judith não mudou nada. Ao cabo de alguns dias, Rym pediu demissão, e ninguém pensou em retê-la. Andava amarga e reclamona, suas relações com Agnès e Izaskun eram execráveis desde a noite em que vasculhara tudo, e ela não suportava a ideia de talvez estar convivendo com quem lhe roubara o futuro. Gratas foi encarregado de substituí-la no caixa, mas não era fácil para ele concentrar-se no trabalho, Virginie vinha mexer com ele o tempo todo, de modo que agora era preciso lidar com a presença de dois casais no cio, cujos esforços conjuntos perturbavam o bom curso dos negócios. Libero esfalfava-se em vão para intervir em todos os tons, numa escala que ia da súplica à ameaça. Pierre-Emmanuel comprazia-se em enfurecê-lo, dava ordens a Izaskun, que lhe obedecia com pressa servil, como se fosse ele o patrão, chamava-a até o som para lhe meter integralmente a língua na boca, não sem antes apalpar a bunda, e Libero vivia à beira de um ataque de nervos.

— Eu ainda mato esse merdinha.

Pierre-Emmanuel aperfeiçoara um joguinho instaurado na época de Annie, que consistia em aguilhoar a frustração dos deserdados, oferecendo o espetáculo da própria pujança sexual. Virgile Ordioni era sua vítima favorita. Ele o cumulava de confidências de alcova, perguntava com falsa ingenuidade o que gostaria de fazer com uma mulher se estivesse sozinho com ela, sugerindo à reflexão de Virgile um leque de práticas cada uma mais apimentada que a outra, pedindo que o outro indicasse suas preferências, Virgile ria e engasgava com a saliva, ficava púrpura, e Libero ainda tentava intervir

— Mas você não deixa o sujeito em paz, porra?,

e Pierre-Emmanuel protestava boa-fé e amizade, dando tapinhas nas costas de Virgile, que corria para socorrê-lo.

— Ah, não! Deixe disso! Ele é boa gente.

Pierre-Emmanuel não era boa gente, Libero sabia bem, mas não queria cometer a crueldade de abrir os olhos de Virgile para a verdadeira natureza do torturador e voltava para o balcão, dizendo entre dentes

— Merdinha,

e carregando a cruz ácida do ressentimento até a hora de fechar. Descia para a cidade com Matthieu, que retardava até onde podia a hora de voltar ao quarto de sua meninice, ao exílio a que fora condenado pela inconstância de Izaskun, faziam a ronda das boates, às vezes transavam com turistas na praia ou num estacionamento e voltavam para o lugarejo ao romper do dia, bêbados feito porcos, a testa colada no para-brisa do carro que vinha ziguezagueando à beira do precipício. No fim de agosto, Vincent Leandri convidou-os para jantar num restaurante, e os dois confiaram o bar a Gratas. A cidade começava a esvaziar-se de turistas, uma brisa agradável soprava no porto, a vida parecia fácil, e eles desfrutavam o alívio de passar uma noite inteira longe do bar. Não queriam nem saber o que poderia acontecer se Gratas e Pierre-Emmanuel decidissem promover uma orgia em cima da mesa de bilhar, tinham a bênção para ir às nuvens ou o que fosse. Comeram lagosta e beberam vinho branco, e Vincent propôs que fossem tomar um trago no local do amigo que lhes apresentara Annie. Sair do lugarejo para terminar a noite num bar de putas não parecia uma ideia muito pertinente, mas os dois preferiram agradar Vincent. O amigo recebeu-os outra vez de braços abertos e ofereceu imediatamente uma garrafa de champanhe. Num canto do salão, sob luzes escarlate, as moças conversavam e esperavam os clientes. Um sujeito grandalhão entrou e se acomodou do outro lado do balcão, onde uma das moças foi ao seu encontro. Matthieu ouvia pedaços da conversa, o grandalhão se exibia, falava besteira e contava piadas miseráveis, às quais a moça respondia com um riso quase grosseiro de tão forçado, e Matthieu reconheceu a voz de Rym. Era mesmo ela, de vestido preto e sapatos de salto alto, desfigurada pela maquiagem. Matthieu chamou a atenção de Libero, e os dois fizeram menção de levantar-se para cumprimentá-la, mas ela os deteve, lançando por um instante um olhar rijo e fixo, antes de se virar de novo e continuar a rir como se nada tivesse acontecido. Ficaram onde estavam. O champanhe esquentava nas taças. O grandalhão pediu uma garrafa e foi se instalar numa cabine isolada. Rym preparou a bandeja, o balde de gelo, as duas taças e foi atrás dele. Olhou uma última vez para Matthieu e Libero, puxando as grossas cortinas vermelhas que fechavam a cabine.

— Vamos embora.

No carro, Vincent tentou apaziguá-los, a vida era assim, não havia muito o que fazer, muito menos o que dizer, essas garotas raramente terminam na corte da rainha, não era impossível, mas era raro, era de lamentar, mas era assim, ninguém tinha culpa. A vida. Libero rangia os dentes.

— Vão todas acabar assim. Todas.

Virou-se para Matthieu.

— E fomos nós que criamos tudo isso.

Matthieu temeu que ele tivesse razão. O demiurgo não é Deus. E ninguém aparece para absolver os pecados do mundo.

Foi-se o tempo: ele já não podia ir a seu encontro à noite, caminhando em silêncio pelos corredores desertos do hotel estatal; ela já não esperava sua chegada, o coração palpitante. Os momentos que partilhavam agora vergavam sob o peso dos olhares postos sobre os dois. De vez em quando, iam passar o dia em Tipaza, para tomar distância de Argel. Paravam para comer em Bou-Haroun, o sol fazia ferver as entranhas roxas dos peixes em cima das pedras do cais, e a menor brisa levava aos terraços dos restaurantes os eflúvios da podridão, mas assim mesmo eles comiam e enchiam as taças de um vinho tinto servido em garrafas de Coca-Cola. À tarde, andavam juntos pelo sítio arqueológico, às vezes pisando num preservativo usado e abandonado por um casal que, como eles, não tinha um quarto onde abrigar seus abraços, mas não tentavam imitar esses ardores campestres, pois o que poderia passar por uma alegre transgressão de namorados levava aqui a marca de uma necessidade sórdida. O mês de agosto terminara havia pouco, um mês de canícula, de entranhas de peixes e de umidade, um mês sem amor. Aurélie dava-se conta de que só havia um lugar onde poderia viver livremente sua relação com Massinissa, e esse lugar não era nem a França, nem a Argélia, um lugar no tempo e não no espaço, um lugar fora dos limites do mundo, um pedaço do século V que subsistia nas pedras desmoronadas de Hipona, onde a sombra de Santo Agostinho continuava a celebrar as núpcias secretas daqueles que lhe eram caros e que não podiam se unir alhures. Aurélie vivia triste, nunca fora de inflamar-se, tinha horror ao sentimentalismo, mas bem que teria querido saber aonde toda essa história poderia levá-la. Estava pronta a assumir todos os fracassos, por pouco que fossem seus, e era particularmente doloroso ter de capitular diante da realidade brutal de fatos que não dependiam da vontade de ninguém. Pois não lhe restava outra escolha senão a capitulação. Voltava a formar-se ao seu redor uma parede, uma fronteira de vidro transparente que ela não tinha como transpor ou derrubar, por mais que agora fosse esse o seu desejo mais caro. Massinissa convidava-a para comer espetinhos em Draria, eles se sentavam na sala familiar de um restaurante popular, o serviço era rápido e eficaz, a refeição não durava mais que quinze minutos, que eles tentavam prolongar bebendo o chá de hortelã tão devagar quanto possível, até que Massinissa pagava a conta e eles voltavam para Argel, passando pelas barreiras de segurança, a polícia examinava os documentos, observava os dois com ar de malícia, e Massinissa deixava-a diante do hotel em que ele mesmo não podia entrar. Ela quis agradá-lo, convidando-o por sua vez para jantar no restaurante chinês do Hotel El-Djazaïr. A noite foi pavorosa. Aurélie desistiu de devolver a terceira garrafa de vinho azedo. Massinissa, petrificado no início, agora lançava olhares furiosos para o garçom que trazia à mesa um rolinho de frango e que de fato ostentava um sorriso enigmático dos mais desagradáveis, Massinissa tinha certeza de que zombava dele, que só o chamava de "senhor", com falsa ênfase, para que sentisse que não era mais que um roceiro, sem dar a mínima para a francesa, e ele se irritava cada vez mais

— Você não conhece esses canalhas, olhe esse, todo cheio de desprezo, todo feliz de ser criado dos outros,

não tocava no prato, e Aurélie pediu a conta, que pagou com o cartão de crédito. O garçom estendeu-lhe a fatura para que a assinasse, enquanto sorria para Massinissa, que o puxou discretamente pelo colete e disse alguma coisa em árabe. O garçom parou de sorrir. Saíram do restaurante. Massinissa continuava a remoer a amargura.

— Eu não poderia pagar um restaurante desse. Cada entrada cinco dinares. Mas também não é lugar para mim, não mesmo.

Aurélie entendia. Deu-lhe um abraço dentro do carro. Tentou convencê-lo a deixar que lhe pagasse um quarto no mesmo hotel, para que pudessem passar a noite juntos, fariam de conta que não se conheciam, ele viria até o quarto dela sem fazer barulho, como em Annaba, mas Aurélie via bem que Massinissa envergonhava-se profundamente de sua condição de homem financiado por uma mulher, ela sentia que essa vergonha alterava seu desejo mesmo no instante em que ele a estreitava em seus braços. Dois dias depois, ele voltou para a casa dos pais. Tinha que ser assim. As escavações estavam encerradas, cada qual voltara lentamente a seu respectivo mundo, e agora um estendia as mãos para o outro, por cima de um abismo que nada poderia vencer. É ilusão acreditar que se pode escolher a terra natal. Aurélie não tinha laços com aquele país, exceção feita ao sangue que seu avô André Degorce derramara ali e às relíquias perdidas de um velho bispo, morto muitos séculos antes. Ela adiantou a data da partida e preparou as malas sem dizer nada a Massinissa. Que teria dito? Como deixar alguém a quem não tinha o que reprovar, alguém que adoraria não ter de deixar? Que teriam podido fazer, além de trocar banalidades? E ela temia, caso o revisse, que seu desejo de ficar por mais tempo acabasse por persuadi-la a adiar inutilmente a partida. Não deixou nenhuma carta. Não quis deixar mais que sua ausência, pois seria por sua ausência que ela assombraria Massinissa para sempre, como o beijo de uma princesa morta ainda assombra o rei númida de mesmo nome. Telefonou para a mãe, para dizer que estaria em Paris logo mais à noite. No aeroporto, não se permitiu nada de solene ao cumprir as formalidades do embarque. Viu as Baleares pela escotilha e, quando percebeu o litoral da Provença, enxugou os olhos avermelhados. Claudie preparara um jantar.

— Tudo bem, Aurélie? Está com cara de cansada.

Aurélie respondeu que tudo estava bem, deu um beijo na mãe e foi se deitar no quarto de sua infância. Às quatro da manhã, a campainha do celular arrancou-a de um sonho em que um vento estranho soprava contra seu corpo e o sepultava lentamente sob a areia, ela sabia que precisava buscar abrigo, mas não queria subtrair-se à cálida carícia do vento, uma carícia tão doce que Aurélie ainda pensava nela ao atender o telefone. Ouviu uma respiração ofegante, um soluço atrás do outro e, por fim, a voz de Matthieu.

— Aurélie! Aurélie!

Ele repetia o nome da irmã e não conseguia parar de chorar.

Não havia hordas bárbaras. Nenhum cavaleiro vândalo ou visigodo. Simplesmente, Libero não queria mais ficar com o bar. Esperaria até o fim da temporada ou até a metade do outono, encontraria algum emprego para as garotas, alguma coisa direita, e então trabalharia com o irmão Sauveur e Virgile Ordioni no curral ou retomaria os estudos, ainda não sabia bem, mas não queria mais ficar com o bar. Não gostava da pessoa em que se transformara. Matthieu sentia-se traído. E ele, o que faria? Libero dava de ombros.

— Você se imagina aqui por muito tempo? As mesmas garotas, as mesmas coitadas desfilando. Os merdinhas feito o Colonna. Os bêbados. As bebedeiras. Isto aqui é um trabalho de merda. Isto aqui é bom para enlouquecer um sujeito. Não dá para viver da estupidez humana, eu achava que sim, mas não dá, você acaba mais estúpido que a média. Falando sério, Matthieu, você se imagina aqui por muito tempo? Cinco anos? Dez anos?

Mas Matthieu se imaginava muito bem ali. De fato, era rigorosamente incapaz de imaginar um futuro diferente. A temporada fora difícil, era verdade, mas justamente o pior já ficara para trás. Não podiam abandonar tudo assim, afinal tinham feito um bem para o lugarejo, antes tudo era tão morto, eles tinham trazido a vida, agora as pessoas vinham, eles viviam felizes, não fazia sentido jogar tudo fora assim por causa de uma temporada mais difícil.

— Essas pessoas de que você está falando são uns brutos que vêm aqui gastar o dinheiro que têm para comer com os olhos um punhado de garotas que eles não vão comer nunca, uns brutos que são imbecis demais para ir direto às putas. Eu me pergunto se isto aqui não estava melhor quando estava morto. É por isso que estou cansado. E quero poder me olhar no espelho.

Mas que história era aquela de não poder se olhar no espelho? Agora os dois eram responsáveis pela miséria do mundo? Não eram nem bandidos nem gigolôs, e, mesmo que fechassem o bar, um monte de garotas continuaria a se prostituir. Fazer o quê, se Rym realizara enfim sua vocação de puta? E, aliás, elas todas não tinham uma séria inclinação para a putaria, como Izaskun?

— Não caia na baixaria, Matthieu. Não você.

Era o último sábado de agosto. Os amigos de Pierre-Emmanuel tinham chegado de Corte para participar de uma grande noitada musical. Estavam instalando o som no terraço, os clientes se acomodavam, e Virgile Ordioni descarregava uma entrega de embutidos de seu furgãozinho. À meia-noite e meia, os músicos puseram os instrumentos de lado e deixaram o palquinho sob os aplausos do público. Foram para o balcão, ao lado de Virgile, que bebia aguardente num canto e esperava que Libero tivesse um tempo livre para lhe fazer companhia. Pierre-Emmanuel deu um tapinha nas costas de Virgile.

— Que prazer ver você! Bernard, sirva uma aqui para a gente e outra para o Virgile! Sirva aqui o meu amigo!

Libero conversava no terraço com uma família italiana. De vez em quando, olhava de esguelha para o bar. Quando Izaskun passou perto dele, Pierre-Emmanuel agarrou-a pela cintura e lhe deu um beijo no pescoço. Ela soltou um gritinho agudo. Libero voltou para dentro.

— Izaskun, vá cuidar do seu trabalho, porra! Tem gente esperando. Bernard, vá cuidar dos sanduíches e do terraço, eu fico no balcão.

Libero sentou-se no banquinho atrás do caixa e inclinou-se para Pierre-Emmanuel.

— Já disse cem vezes: deixe a garota trabalhar e vá trepar depois que o bar estiver fechado, será que é tão difícil de entender?

Pierre-Emmanuel levantou as mãos em rendição.

— Ah, é que é tão duro estar apaixonado! E você, Virgile, já se apaixonou alguma vez? Vamos, conte, conte tudo para a gente.

E os amigos de Corte, por sua vez, pediram para ouvir o relato dos amores de Virgile Ordioni, que ria e dizia que não tinha grande coisa para contar, mas eles não botavam fé, não era verdade, tinham certeza de que Virgile era um grande sedutor, não é, Virgile?, ah, ele podia admitir sem vergonha, estavam entre amigos, como é que ele ganhava as mulheres? Só no papo? Ou dançando? Ah, sim, claro, com poemas! Escrevia poemas para elas, não escrevia? Vamos, eles queriam saber, bastava uma história, umazinha, por exemplo a da última mulher que sucumbira a seus encantos, uma história só, não era pedir muito, podia confiar tudo aos amigos, ou talvez ele fosse um homem discreto, talvez precisasse de um ambiente mais favorável para se abrir, por que não vinha com eles para uma boate, com uma garrafa na mão ele contaria tudo, não é? Não contaria? Como tinha seduzido a tal mulher, o que tinham feito na cama, se ela gritava muito, mas o problema é que não o deixariam entrar na boate daquele jeito, com botas de montanha, não, impossível, não iam deixar passar aquela roupa camuflada, havia regras, também não era fácil assim, e além disso não era lá muito prudente levar para a boate um sedutor feito Virgile, em dois minutos ele ganharia todas as mulheres do lugar, e os outros ficariam chupando o dedo! Ah, era preciso deixar alguma coisa para os outros! Não dava para se empanturrar sempre, era preciso ser altruísta, ainda mais com eles, que tinham vindo lá de Corte, Virgile tinha que dar alguma chance, se não eles não voltariam mais, e não, não era uma boa ideia levar um sujeito daqueles para a boate, e Virgile ria sem parar e declarava que contaria tudo de bom grado, se ao menos tivesse alguma coisa para contar. Libero soltou um suspiro.

— Estão achando graça, é? Dá para deixar a criatura em paz?

— Ah, não! É só brincadeira! A gente gosta do Virgile aqui!

Gostavam, sim, e ele nem retribuía o afeto deles, escondia o jogo, podia ao menos contar alguma coisa sobre a namorada, com certeza tinha uma namorada lá na montanha, para se esquentar no inverno, quem sabe uma pastora grandalhona, bem farta e cheirando a cabra, com certeza tinha alguma coisa assim no bolso, hein, Virgile?, ou talvez não gostasse das gordinhas, isso sem falar no problema da depilação, quando o sujeito é mais refinado, não há modo de enfrentar uma pastora grandalhona que cheira a cabra e não depila a perseguida, aí não dá, é melhor se enforcar de uma vez do que sair agarrando a primeira, é assim mesmo quando o sujeito é mais refinado, dá para entender, ele prefere as mais jovenzinhas, as que depilam tudo, as coxas, as pernas, a perseguida, claro, é sempre mais gostoso, e Pierre-Emmanuel começou a fazer o elogio de Izaskun, depilada a zero, lisinha feito a palma da mão, uma pele de bebê, toda morna, uma coisa incrível, especialmente na dobrinha da coxa, onde a pele é bem fina, está entendendo, Virgile?, bem fina, dá para sentir o calor só de encostar os lábios, e Virgile dava um riso nervoso e baixava os olhos e se encolhia no canto onde estava, Libero deu um tapa no balcão, mas Pierre-Emmanuel prosseguia, inclinava-se para Virgile e lhe falava ao ouvido, era incrível como Izaskun era suave, e ainda por cima a trepada era inacreditável, quando ela caía de boca, o sujeito tinha vontade de gritar, dá para imaginar, Virgile?, e um dos amigos de Corte soltou um grito de êxtase e um outro gargalhava e dizia

— Mas como é que você quer que ele imagine? Cabra não chupa!,

e todos começaram a rir, enquanto Virgile se deixava cair no banquinho com os restos do próprio riso encurralados na garganta, como um gemido. Eram quase duas da manhã. O bar estava vazio. As garotas passavam uma esponja nas mesas. Libero deu um grito.

— Basta!

Seus olhos pareciam saltar das órbitas. Pierre-Emmanuel demorou a se dar conta do que estava acontecendo. Segurou o ombro de Virgile, que não se mexia.

— Você é a mãe dele, é? O Virgile aqui não precisa de você! Ele já é bem...

— Você é um merda.

Matthieu aproximou-se. Viu a mão direita de Libero entreabrir a gaveta sob o balcão.

— Você é um merda e vai dar o fora agora mesmo, você e esses merdas de amigos...

— Olhe lá como fala!

— ...você e esses merdas de amigos, você, você e você, entenderam?, os três vão dar o fora agora mesmo, e você, olhe bem para este bar, porque da hora em que você sair, e enquanto eu estiver aqui, você não põe mais o pé aqui, e se brincar de entrar por aquela porta, está entendendo?, se brincar de pôr um pé aqui dentro eu acabo no ato com a sua raça, e se você acha que eu estou brincando, pode testar agora mesmo, saia e tente voltar, seu merda! Tente!

Pierre-Emmanuel e os amigos continuaram parados por mais um momento diante de Libero, que agora metera a mão inteira dentro da gaveta.

— Vamos, vamos embora!

Pierre-Emmanuel abraçou Izaskun e deu um beijo demorado, bem ao lado de Virgile.

— Daqui a pouco a gente se vê no apartamento.

Matthieu viu que as mãos de Pierre-Emmanuel tremiam de leve enquanto ele se encaminhava para a saída. Mesmo assim, da porta, ele se virou para Libero.

— Isso, assim, pode ficar com a mãozinha na gaveta.

— Volte aqui sozinho, sem os amiguinhos, que aí eu não vou precisar de nada. Pode deixar que eu me garanto, não se preocupe, viu?

Libero pôs as duas mãos em cima do balcão e respirou fundo.

— Vamos, vamos limpar tudo e fechar.

Izaskun entrou no bar com uma bandeja cheia de copos sujos e pôs em cima do balcão. Virgile a fitava boquiaberto, de olhos esbugalhados. Quando notou seu olhar, ela começou a berrar em espanhol. Libero mandou que fosse logo se deitar, deu a volta no balcão e segurou Virgile pelo braço.

— Venha, venha comigo.

Foram sentar-se à brisa, no terraço, com uma garrafa de aguardente. Virgile não se mexia. Libero ficou de cócoras a seu lado e falou longamente, falou na língua que Matthieu jamais entenderia porque afinal não era a sua, falou numa voz plena de ternura e amizade, segurando-lhe a mão, uma amizade sem origem nem fim. De tanto em tanto, Virgile balançava a cabeça. Libero deixou-o sozinho no terraço. Disse a Gratas que podia ir ter com Virginie e serviu dois copos. Estendeu um para Matthieu.

— Não sei se foi boa ideia humilhar o cara daquele jeito.

— E o que você queria que eu fizesse? Não estou nem aí para ele, se ele quer apanhar, pode vir, que vai levar. Aliás, vai levar mesmo, querendo ou não.

A noite do fim do mundo estava calma. Nenhum cavaleiro vândalo. Nenhum guerreiro visigodo. Nenhuma virgem degolada em meio às chamas. Libero fechava o caixa, a arma em cima do balcão. Talvez pensasse com nostalgia nos anos de estudos, nos textos que quisera queimar no altar da estupidez do mundo e cujos ecos ainda chegavam até ele.

Pois Deus não fez para ti mais que um mundo perecível, e tu mesmo estás prometido à morte.

Um carro estacionou diante do bar. Pierre-Emmanuel desceu. Estava sozinho. Parou um instante no terraço e encarou Libero pela porta aberta. Mas não tentou entrar. Passou perto de Virgile Ordioni, assanhou seus cabelos, dizendo em tom brincalhão

— Hora de dar uma,

e seguiu adiante para o apartamento das garçonetes. Libero voltou a cuidar do caixa. Do lado de fora, vieram dois baques surdos e um grito mais estridente que o ranger das matracas no ofício de trevas. Libero saiu correndo do bar, de arma em punho, seguido de Matthieu. As luzes da rua estavam apagadas, mas os dois viram sob o luar, bem no meio da rua, a sombra maciça de Virgile Ordioni inclinada sobre Pierre-Emmanuel, que não parava de berrar. Virgile estava sentado no peito do outro, prendendo-lhe os braços rente ao corpo, enquanto as pernas se agitavam frenéticas em cima do asfalto, Pierre-Emmanuel perdera um dos sapatos e se debatia desesperado para escapar, Virgile resfolegava com violência, feito um touro furioso, baixando as calças e rasgando o tecido fino da cueca do outro, e Matthieu não conseguia se mexer, mirava a cena com olhos de estátua, Libero lançou-se para cima de Virgile, tentando empurrá-lo, gritando

— Virgile! Pare, pare, Virgile!,

mas Virgile não se abalou nem parou, pareceu surpreender-se, deu uma braçada para trás e Libero se estatelou na rua, de cara para as estrelas, Virgile batia nas pernas de Pierre-Emmanuel com os punhos cerrados, com uma das mãos virou-o de bruços e com a outra abriu o canivete que tirara do bolso, Libero levantou-se e gritou na cara de Virgile

— Pare, pare!,

sem poder se aproximar, por causa dos golpes de canivete que Virgile desfechava no ar, Libero voltou para trás na hora em que Pierre-Emmanuel começou a berrar com todas as forças, sentindo o contato frio da lâmina em sua virilha, e Libero agora martelava com a coronha nos ombros e na nuca de Virgile, que continuava inabalável e se contentava em repetir um gesto amplo, como se espantasse uma mosca, começou a remexer com a ponta dos dedos entre as coxas de Pierre-Emmanuel e aproximou ainda mais o canivete, antes de mudar de ideia, pois Libero o incomodava, e derrubou-o mais uma vez com nova braçada, e Libero se pôs de joelhos, ouviu Pierre-Emmanuel soltar um berro que já não tinha nada de humano, sentiu o sangue congelar, lançou um olhar de súplica para Matthieu, sempre imóvel, e começou a gritar de novo

— Virgile, pelo amor de Deus, Virgile!,

mas gritava em vão, os berros de Pierre-Emmanuel rasgavam a noite, Libero levantou-se de uma vez, armou a pistola, esticou o braço e disparou contra a cabeça de Virgile Ordioni, que tombou para o lado. Pierre-Emmanuel se libertou, rastejando como se fugisse de um tiroteio, e ficou sentado, as calças arriadas, tremendo com todos os membros, gemendo sem parar. Tinha as pernas lanhadas e um fio de sangue na altura do púbis. Libero aproximou-se de Virgile e caiu de joelhos. Havia sangue e miolos pelo asfalto, e o cadáver ainda era agitado por convulsões, que logo cessaram. Libero cobriu os olhos e sufocou um soluço. Levantou-se para examinar a ferida de Pierre-Emmanuel e voltou para sentar-se ao lado de Virgile e pegar sua mão, que levou aos lábios. Pierre-Emmanuel continuava a gemer, e de tanto em tanto Libero dizia baixinho

— Cale a boca, você não tem nada, cale a boca,

e cobria os olhos, soluçando, antes de repetir

— Cale a boca,

e de levantar maquinalmente a arma contra Pierre-Emmanuel, que salmodiava,

— Caralho, caralho, caralho, caralho,

sem poder se deter, e Matthieu contemplava os dois, imóvel ao luar. Mais uma vez, o mundo fora vencido pelas trevas e dele não restaria nada, nem um vestígio. Mais uma vez, a voz do sangue elevava-se da terra rumo a Deus, em meio ao júbilo dos ossos triturados, pois nenhum homem é guardião de seu irmão, e logo o silêncio foi suficiente para que se ouvisse o pio melancólico de uma coruja perdida na noite de verão.

O sermão sobre a queda de Roma

Aurélie está sentada perto da cama em que repousa o avô. Ele pode se abandonar sem medo aos sonhos obscuros de moribundo, pois ela está a postos e espreita a chegada da morte, o cansaço não turva seus olhos de sentinela. Os médicos concederam a Marcel Antonetti o privilégio inaudito de morrer em casa. Podiam lutar contra a doença, mas não contra o demônio da velhice extrema, o inelutável desmoronamento de um corpo em ruínas. O estômago encheu-se de sangue. O coração vai se partindo ao assalto de seus próprios batimentos. A cada inspiração, o ar puro embrasa a carne ressequida, que se consome lentamente, como resina de mirra. Duas vezes ao dia, uma enfermeira vem trocar as perfusões e medir a amplitude do declínio. Virginie Susini traz do bar a comida que Bernard Gratas prepara para Aurélie. Marcel já não se alimenta desde a véspera. Claudie e Matthieu pegaram um voo e devem chegar em alguma hora do dia. Aurélie teria preferido que não viessem, mas Matthieu insistiu. Judith ficaria sozinha com as crianças em Paris, pelo tempo que fosse necessário. Em oito anos, ele só voltou uma vez à Córsega, para testemunhar no processo de Libero, no tribunal de Ajaccio, mas nunca mais tornou a pôr os pés no lugarejo. Matthieu não mudou nada. Continua acreditando que basta desviar o olhar para anular pedaços inteiros de sua própria vida. Continua acreditando que basta não olhar para que as coisas deixem de existir. Se tivesse dado ouvidos a seu mau coração, Aurélie teria dito a ele que ficasse onde estava. Era tarde demais. Estava dispensado de vir encenar aqui a comédia da redenção. Mas ela não disse nada e agora espera. No quarto, as janelas estão apenas entreabertas. Não quer que uma luz intensa demais venha ferir os olhos do avô. Também não quer que ele morra em meio a trevas. De tanto em tanto, ele abre os olhos e vira a cabeça para ela. Aurélie segura sua mão.

Minha querida. Minha querida.

Ele não tem medo. Sabe que Aurélie está ali, espreitando por ele a calma chegada da morte, e deixa-se cair no travesseiro. Aurélie não larga sua mão. Talvez a morte chegue antes de Matthieu e Claudie, propiciando a comunhão íntima do avô e da neta, e, quando chegar, ela há de levar com Marcel também o mundo que não vive mais senão nele. Desse mundo, só restará uma foto, tirada durante o verão de 1918, mas Marcel não estará mais ali para fitá-la. Já não haverá mais criança em roupa de marinheiro, nem menininha de quatro anos, nem ausência misteriosa, apenas um arranjo de manchas inertes, de um sentido que ninguém mais adivinha. Não sabemos, em verdade, o que são os mundos. Mas podemos espreitar os signos de seu fim. O disparo de um obturador sob a luz do verão, a mão fina de uma moça cansada, pousada sobre a de seu avô, ou a vela quadrada de um navio que chega ao porto de Hipona, trazendo consigo, da Itália, a notícia inconcebível de que Roma caiu.

Durante três dias, os visigodos de Alarico pilharam a cidade e arrastaram seus longos mantos azuis sobre o sangue das virgens. Quando a notícia chega até ele, Agostinho mal se comove. Faz anos que luta contra o furor dos donatistas e consagra todos os seus esforços a reconduzi-los, agora que foram vencidos, ao seio da Igreja católica. Não se interessa por pedras que desmoronam. Pois, por mais que tenha rejeitado, com horror, as heresias de sua juventude pecadora, talvez tenha guardado consigo, dos ensinamentos de Mani, a convicção profunda de que este mundo é mau e não merece que derramemos lágrimas por seu fim. Sim, ele continua acreditando que o mundo é tomado pelas trevas do mal, mas hoje ele sabe que nenhum espírito as anima, nenhum espírito capaz de violar a unidade do Deus eterno, pois as trevas não são mais que ausência de luz, assim como o mal sinaliza apenas os rastros do recuo de Deus para fora deste mundo, a distância infinita que os separa e que tão somente Sua graça pode vencer nas águas puras do batismo. Que o mundo se cubra de trevas, se o coração dos homens se abrir à luz de Deus. Mas todo dia chegam mais refugiados à África, trazendo o veneno de seu desespero. Os pagãos acusam Deus de não ter protegido uma cidade que já se tornara cristã. De seu monastério em Belém, Jerônimo faz soar a vergonha de suas lamentações para toda a cristandade, ele geme sem pudor pelo destino de Roma entregue às chamas e aos assaltos dos bárbaros e esquece, em sua angústia blasfema, que os cristãos não pertencem ao mundo, mas à eternidade das coisas eternas. Nas igrejas de Hipona, os fiéis compartilham suas tribulações e suas dúvidas e voltam-se para o seu bispo, para saber de sua boca por qual negro pecado eles merecem um castigo tão terrível. O pastor não deve censurar as ovelhas por seus temores estéreis. Deve apenas apaziguá-las. E é a fim de apaziguá-las que Agostinho, em dezembro de 410, avança em sua direção na nave da catedral e sobe ao púlpito. Uma multidão imensa veio ouvi-lo e espera, comprimida contra o coro, sob a luz suave do inverno, que se eleve a voz que os livrará de suas aflições.

Escutai, vós que me sois tão caros,

Nós, cristãos, acreditamos na eternidade das coisas eternas, às quais pertencemos. Deus não nos prometeu mais que a morte e a ressurreição. As fundações das nossas cidades não deitam raízes na terra, mas no coração do apóstolo que o Senhor escolheu para construir a Igreja, pois Deus não erige para nós cidadelas de pedra, de carne e de mármore, Ele erige fora do mundo a cidadela do Espírito Santo, uma cidadela de amor que não cairá jamais, que se erguerá sempre em sua glória, quando o século tiver reduzido tudo a cinzas. Roma foi tomada, e vossos corações se escandalizam. Mas eu vos pergunto, a vós que me sois tão caros, perder a esperança em Deus que vos prometeu a salvação de Sua graça, não é esse o verdadeiro escândalo? Tu choras porque Roma foi entregue às chamas? Deus alguma vez te prometeu que o mundo seria eterno? As muralhas de Cartago ruíram, o fogo de Baal se apagou, e os guerreiros de Massinissa, que derrubaram as fortificações de Cirta, desapareceram eles também, como areia que escorre. Isso tu sabias, mas acreditavas que Roma não cairia. Roma não foi construída por homens como tu?

Desde quando acreditas que os homens têm o poder de construir coisas eternas? O homem constrói sobre a areia. Se quiseres abraçar o que ele construiu, não abraçarás mais que vento. Tuas mãos estão vazias, teu coração, aflito. E, se amas o mundo, perecerás com ele.

Vós me sois caros.

Sois meus irmãos e irmãs e fico triste por vê-los assim tão aflitos. Mas fico ainda mais triste por vos perceber surdos à palavra de Deus. O que nasce na carne morre na carne. Os mundos passam das trevas às trevas, um depois do outro, e, por mais gloriosa que seja Roma, é sempre ao mundo que ela pertence e com ele deve passar. Não derramai lágrimas pelas trevas do mundo. Não derramai lágrimas pelos palácios e teatros destruídos. Não é digno de vossa fé. Não derramai lágrimas pelos irmãos e irmãs que a espada de Alarico levou de nós. Quereis pedir a Deus que preste contas dessas mortes, a Ele que deu Seu filho único em sacrifício, para remissão de nossos pecados? Deus poupa quem Ele quer poupar. E aqueles que Ele deixou morrer como mártires regozijam-se hoje por não terem sido poupados na carne, pois agora vivem na beatitude eterna de Sua luz. Isso é tudo que nos foi prometido, a nós que somos cristãos.

Vós que me sois tão caros,

não vos perturbeis diante dos ataques dos pagãos. Tantas cidades já caíram e não eram cristãs e seus ídolos nada puderam para protegê-las. E tu, tu adoras um ídolo de pedra? Recorda quem é o teu Deus. Recorda o que Ele te anunciou. Ele te anunciou que o mundo será destruído pelo gládio e pelas chamas, Ele te prometeu a destruição e a morte. Como podes te espantar quando se cumprem as profecias? E Ele te prometeu também a volta de Seu filho glorioso ao campo em ruínas, para que seja instaurado o reino eterno da luz, do qual tu participarás. Por que choras e não te alegras, tu que só vives na esperança do fim do mundo, se és cristão? Mas talvez não se deva nem chorar nem comemorar. Roma caiu. Roma foi tomada, mas a terra e o céu não se abalaram. Olhai em volta, vós que me sois caros. Roma caiu, mas, em verdade, não é como se nada tivesse acontecido? O curso dos astros não foi perturbado, a noite sucede ao dia que sucede à noite, a cada instante o presente surge do nada e retorna ao nada, vós estais aqui, à minha frente, e o mundo continua a avançar rumo a seu fim, mas o fim ainda não chegou e não sabemos quando chegará, pois Deus não nos revela tudo. Mas o que Ele nos revela é o bastante para cumular nossos corações e nos auxilia a nos fortificar em meio à provação, pois nossa fé em Seu amor é tal que nos preserva dos tormentos que devem suportar os que não conheceram esse amor. E é assim que conservamos o coração puro, na alegria do Cristo.

Agostinho interrompe o sermão por um instante. Em meio à multidão, ele vê rostos atentos, muitos deles novamente serenos. Mas ainda ouve soluços sufocados. Bem perto dele, junto ao coro, uma moça ergue para ele os olhos velados de lágrimas. O primeiro olhar que lança para ela é severo, como o de um pai colérico, mas vê que ela sorri estranhamente entre as lágrimas, e, logo antes de retomar a palavra, ele lhe dirige um gesto de bênção e é nesse sorriso que ele volta a pensar, vinte anos mais tarde, estirado sobre o piso da abside, junto aos padres que rezam ajoelhados pela salvação de sua alma, da qual ninguém duvida.

Agostinho está à beira da morte na cidade sitiada há três meses pelas tropas de Genserico. Talvez nada tenha acontecido em Roma, em agosto de 410, senão o desmoronamento de um centro de gravidade, o detonador de um deslizamento que afinal precipitou os vândalos pela Espanha e, além dos mares, até as muralhas de Hipona. Agostinho já não tem forças. As privações deixaram-no tão fraco que já nem consegue ficar em pé. Já não ouve os clamores do exército vândalo nem as vozes temerosas dos fiéis refugiados na nave da igreja. Em seu espírito esgotado, a catedral parece mais uma vez uma enseada de luz e de silêncio protegida pela mão de Deus. Em breve os vândalos avassalarão Hipona. Farão entrar seus cavalos, a brutalidade e a heresia ariana. Talvez destruam tudo o que, outrora, ele amou em sua fraqueza de pecador, mas ele pregou tantas vezes sobre o fim do mundo que não deveria mais se preocupar. Homens morrerão, mulheres serão violadas, o manto dos bárbaros voltará a se tingir de sangue. No piso sobre o qual repousa Agostinho está gravado o Alfa e o Ômega, o sinal do Cristo, que ele toca com a ponta dos dedos. A promessa de Deus não termina de se cumprir, e a alma agonizante é débil, vulnerável à tentação. Que promessa Deus pode fazer aos homens, Ele que os conhece tão mal, que ficou surdo ao desespero do próprio filho, que não os compreendeu mesmo depois de Se fazer homem? E como os homens poderiam fiar-se em Suas promessas quando até Cristo desesperou de Sua divindade? Agostinho estremece sobre o mármore frio e, logo antes que seus olhos se abram para a luz eterna que brilha sobre a cidade que nenhum exército jamais tomará, ele se pergunta, tomado ele mesmo de angústia, se os fiéis em lágrimas que o sermão sobre a queda de Roma não pôde consolar não teriam compreendido suas palavras bem melhor do que as compreendia ele mesmo. Os mundos passam, em verdade, um depois do outro, das trevas às trevas, e sua sucessão talvez não signifique nada. Essa hipótese intolerável faz arder a alma de Agostinho, que solta um suspiro, prostrado entre os irmãos, e faz um esforço para voltar-se para o Senhor, mas revê apenas o estranho sorriso, úmido de lágrimas, outrora ofertado pela candura de uma moça desconhecida que vinha dar testemunho do fim e ao mesmo tempo das origens, pois um e outro são um só e o mesmo testemunho.

Os títulos dos capítulos, exceção feita ao último, provêm dos sermões de Santo Agostinho. Preferi utilizar a excelente tradução de Jean-Claude Fredouille, publicada em 2004 pelo Institut d'études augustiniennes. Citei igualmente os Salmos e o Gênesis, assim como tomei a um poema de Paul Celan, *Todesfuge*, os "cabelos de cinza" de Sulamita (página 131), ela mesma tomada de empréstimo ao Cântico dos Cânticos.

Sem o auxílio de Daniel Istria, eu não teria tido como imaginar nem o aspecto de uma catedral africana do século V d.C. nem o modo como se davam as pregações.

Jean-Alain Husser permitiu que eu me iniciasse nos mistérios conjugados da administração colonial e das doenças tropicais, cujos sintomas eu me permiti deformar em função de critérios que não ouso qualificar de estéticos.

Que estejam certos de minha gratidão e amizade.

São tantas as coisas que devo a meu tio-avô Antoine Vesperini que, em vez de enumerá-las, pareceu-me mais simples e mais justo dedicar-lhe este romance, que sem ele não existiria.

COLEÇÃO FÁBULA

Fábula: do verbo latino *fari*, "falar", como a sugerir que a fabulação é extensão natural da fala e, assim, tão elementar, diversa e escapadiça quanto esta; donde também falatório, rumor, diz-que-diz, mas também enredo, trama completa do que se tem para contar (*acta est fabula*, diziam mais uma vez os latinos, para pôr fim a uma encenação teatral); "narração inventada e composta de sucessos que nem são verdadeiros, nem verossímeis, mas com curiosa novidade admiráveis", define o padre Bluteau em seu *Vocabulário português e latino*; história para a infância, fora da medida da verdade, mas também história de deuses, heróis, gigantes, grei desmedida por definição; história sobre animais, para boi dormir, mas mesmo então todo cuidado é pouco, pois há sempre um lobo escondido (*lupus in fabula*) e, na verdade, "é de ti que trata a fábula", como adverte Horácio; patranha, prodígio, patrimônio; conto de intenção moral, mentira deslavada ou quem sabe apenas "mentirada gentil do que me falta", suspira Mário de Andrade em "Louvação da tarde"; início, como quer Valéry ao dizer, em diapasão bíblico, que "no início era a fábula"; ou destino, como quer Cortázar ao insinuar, no *Jogo da amarelinha*, que "tudo é escritura, quer dizer, fábula"; fábula dos poetas, das crianças, dos antigos, mas também dos filósofos, como sabe o Descartes do *Discurso do método* ("uma fábula") ou o Descartes do retrato que lhe pinta J. B. Weenix em 1647, de perfil, segurando um calhamaço onde se entrelê um espantoso *Mundus est fabula*; ficção, não-ficção e assim infinitamente; prosa, poesia, pensamento.

Samuel Titan Jr., Raul Loureiro

SOBRE O AUTOR

Jérôme Ferrari nasceu em Paris, em 1968, filho de pais corsos. Estudou filosofia na Sorbonne e ingressou no ensino público, lecionando em Porto-Vecchio, Ajaccio, Argel e, atualmente, em Abu Dabi. Estreou como narrador em 2001 e desde então publicou sete obras de ficção, entre as quais os romances *Un dieu un animal* (prêmio Landerneau, 2009) e *Où j'ai laissé mon âme* (prêmios Larbaud e France Télévisions, 2010). Por este *O sermão sobre a queda de Roma*, Jérôme Ferrari recebeu o prêmio Goncourt de 2012.

SOBRE O TRADUTOR

Samuel Titan Jr. nasceu em Belém, em 1970. Estudou filosofia na Universidade de São Paulo, onde leciona Teoria Literária e Literatura Comparada desde 2005. Editor e tradutor, organizou com Davi Arrigucci Jr. uma antologia de Erich Auerbach (*Ensaios de literatura ocidental*, 2007) e assinou versões para o português de autores como Adolfo Bioy Casares (*A invenção de Morel*, 2006), Michel Leiris (*O espelho da tauromaquia*, 2001) e Gustave Flaubert (*Três contos*, 2004, em colaboração com Milton Hatoum).

SOBRE ESTE LIVRO

O sermão sobre a queda de Roma, São Paulo, Editora 34, 2013 TÍTULO ORIGINAL *Le Sermon sur la chute de Rome*, Arles, Actes-Sud, 2012 TRADUÇÃO Samuel Titan Jr. PREPARAÇÃO Denise Pessoa REVISÃO Sandra Brazil, Flávio Cintra do Amaral PROJETO GRÁFICO Raul Loureiro IMAGEM DE CAPA L. Caldesi and Co., "Elgin Marbles, British Museum. Upper part of the torso of Neptune", 1861; Bibliothèque Nationale de France, coleção de gravuras e fotografias, antiga coleção Alfred Armand A grafia foi atualizada segundo o Acordo Ortográfico da Língua Portuguesa de 1990, que entrou em vigor no Brasil em 2009.

TIPOLOGIA Walbaum PAPEL Pólen Natural 80 g/m² IMPRESSÃO Edições Loyola, em maio de 2013 TIRAGEM 2 000

1ª Edição – 2013

CIP – BRASIL. CATALOGAÇÃO-NA-FONTE
(Sindicato Nacional dos Editores de Livros, RJ, Brasil)

Ferrari, Jérôme, 1968-
O sermão sobre a queda de Roma/
Jérôme Ferrari; tradução de Samuel Titan Jr. —
São Paulo: Editora 34, 2013 (1ª Edição); 2023 (1ª Reimpressão).
208 p. (Coleção Fábula)

Tradução de: Le Sermon sur la chute de Rome
ISBN 978-85-7326-522-4
1. Literatura francesa. I. Titan Jr., Samuel.
II. Título. III. Série.
CDD 843

EDITORA 34

Editora 34 Ltda. Rua Hungria, 592
Jardim Europa CEP 01455-000
São Paulo – SP Brasil
Tel/Fax (11) 3811-6777
www.editora34.com.br